Prohibido hanguear aquí

Escalona, Esteban (1975)
Prohibido hanguear aquí [texto impreso]

Primera edición – Nueva York: Five Points Publishing,
2025: 120 páginas: 12,7 x 20,3 centímetros.

ISBN: 979-899-911-421-1.

Prohibido hanguear aquí
© Esteban Escalona
© Five Points Publishing
250 East 34th Street, New York, NY 10016
USA

Diseño de portada: Camila Jara.
Editor: Lenin Brea.

Creditos contratapa:
Giovanna Rivero, escritora boliviana. Profesora Asistente de
escritura creativa y literatura Universidad de Iowa.
Pablo García Gámez, escritor y dramaturgo venezolano.
Profesor asistente Stony Brook University, New York y de
York College, City University of New York

Primera edición: julio de 2025.

ESTEBAN
ESCALONA

Prohibido hanguear aquí

FIVE
POINTS

DEAD RABBITS
colección de narrativa

Índice

«And you claim you got something going
something you call unique
But I've seen your self-pity showing
As the tears rolled down your cheeks…»

SIXTO RODRÍGUEZ. *Crucify your mind*

A mi bella madre
que siempre espera
mi regreso a casa…

A mi hija,
por las historias que
juntos creamos en cada calle de una ciudad
que nos
vuelve inseparables.

Prohibido hanguear aquí, una invitación a no ceder lo que realmente se anhela

Es un fruto obscuro el que ahora invoco,
un pequeño círculo rescatado de la noche.
A su conjuro regresamos desde cualquier lugar
hacia el mismo punto del que un día nos alejamos
olvidados los ojos donde hemos dejado algo nuestro
para reencontrarnos con ese espacio imperturbable
que nos pertenece.

ROLANDO CARDENAS. *El fruto invocado*

Siempre había esperado que esta tierra pudiera convertirse en un asilo seguro y agradable para la parte virtuosa y perseguida de la humanidad, cualquiera que fuera la nación a la que pertenecieran...

GEORGE WASHINGTON.

Leer *Prohibido hanguear aquí,* es ponerse en los zapatos de un padre amenazado de perder a su hija por su condición de extranjero; de una agente de *real state* dispuesta a todo para zafarse de las circunstancias turbias de un gran negocio en una metrópoli a la que aún no pertenece; de quien llega a tomar consciencia de que, se esté donde se esté, el destino depende de un acto que reafirme la fe y concrete el milagro; de quien a pesar de no saber claramente qué busca ni por qué, consigue el amor; de quien no se da cuenta de que tratando de encontrar un lugar en el mundo, ha perdido incluso la cordura; de quien se resiste a cambiar ante las nuevas circunstancias y la barrera del idioma, y no obstante persiste en adaptarse; de quien vive lo extraño de una ciudad como Nueva York, con sus apetencias casi sobrenaturales; en una frase, de quienes enfrentan con la sola fuerza de sus deseos y querencias la situación migratoria.

Prohibido hanguear aquí, no es solo una invitación a comprender la situación de los migrantes a partir de la ficcionalización de una experiencia que conjuga lo propio y lo ajeno, es una exhortación en leguaje cómplice a persistir, a perseverar, a no ceder lo que realmente se anhela. En cada uno de los seis cuentos que componen el libro, y desde su epígrafe, Escalona nos hace sentir la fuerza vitalista que resulta del choque entre lo perdido y lo anhelado, entre el origen y el destino; esa potencia a la que llamamos deseo.

«El proceso migratorio es como un duelo, es similar al sentimiento tras la muerte de un ser querido», «a veces, solo se necesita una sonrisa para seguir adelante», siempre se trata de resolver la difícil ecuación entre aquello dejado atrás y aquello que se quiere, en esto coinciden los protagonistas de los relatos, para quienes, se dirá, la realidad está constituida por el deseo que los anima a ir más allá.

Pero a la vez los héroes de las historias de este libro son agentes de una búsqueda singular, cuya trayectoria –plena de contrasentidos, vacilaciones e incertidumbres– Escalona sabe dibujar en ese espacio liminar donde se conjugan la fantasía –incluso alucinada– y la realidad –incluso indecible.

Así, Manhattan y, más ampliamente, Nueva York, no son escenarios que decoran las aventuras de los protagonistas, sino espacios vitales y a veces mortales, definidos por el encuentro, yuxtaposición y divergencia de las trayectorias deseantes de los personajes de las historias; suerte de caleidoscopio de imágenes del presente y del pasado en perpetuo movimiento y reconfiguración donde se juega el destino de los héroes: «Nueva York es una fantasía, una metrópoli de constantes amores transitorios y abandonados que buscan conversación en un bar cualquiera».

En este, su tercer libro, Escalona da una forma depurada y original a sus exploraciones literarias. *Prohibido hanguear aquí*, está armado a partir de varios subgéneros de la ficción y apuestas narrativas unificadas por una voz madurada. La gran metrópoli, sus márgenes y la vida de sus habitantes fueron protagonistas de *Ciudad Capital* (2011, 2013, 2023), primer libro del autor, premiado por el Ministerio de Educación de Chile. En 2024 publicó el libro de crónicas bilingüe *Tal vez Manhattan / Maybe Manhattan*, donde explora la Nueva York latinoamericana desde la perspectiva propia del relato subjetivo de la experiencia vivida, pero que no pierde de vista la irrupción de lo fantástico. Con *Prohibido hanguear aquí*, asistimos a un despliegue de su pasión «por relatar las sombras de las grandes ciudades y revelar la vida de aquellos que permanecen invisibles en el vértigo urbano».

Esta obra llega en un momento difícil para las comunidades migrantes de Estados Unidos, donde la intolerancia y el racismo se han hecho praxis gubernamental para negar los derechos, sueños y anhelos de las comunidades hispanas, pero también de un pueblo conformado a partir de múltiples migraciones como lo es el estadounidense. Llega precisamente ahora como *por mor* del destino, porque no fue escrito para la desafortunada coyuntura, y sin embargo tiene mucho que decir sobre ella. El lector verá que no está ante un libro que busque la polémica, sino la empatía, la comunicación, y el diálogo, incluso por sobre la «barrera del idioma».

En tal sentido, afirma que no será negando al otro, en especial la potente influencia del español en la vida cultural estadounidense, que se resolverá la cuestión migratoria. La lengua es la forma predilecta de expresión del deseo perseverante en la vida migrante, que inagotable y contra toda valla insiste en expresarse y mezclarse: «—¿Enciendo el motor? / —Oh, man, speak English. We are in America! —Oh, yes, yes, in America, sorry, señorita».

Lenin Brea
Editor Five Points Publishing

Hay algo en tu basement

Es diciembre en Manhattan. El frío congela los rostros enrojecidos de los neoyorquinos, el sol desprende algunos trozos de nieve de las azoteas y en la esquina de la 39th Street y Lexington Ave., un hombre mira el reflejo de su rostro en la vitrina del CVS abarrotada de regalos y pequeñas figuras de santas vestidos de surfistas, soldados o chef. También hay un Snoopy que al apretar un botón baila al ritmo del *Jingle bells*. Respira agitado y trata de calmarse después de una carrera por varias cuadras esquivando personas, pozas de agua y restos de hielo en la vereda. Toma una nueva bocanada. Intenta reincorporarse respirando profundamente, pero le es difícil, el vapor de agua sale de su boca como una nube de humo. El hombre, que se llama Ángel, levanta la mirada para observar la cima del Chrysler Building que allá, en lo alto, parece un melancólico y solitario ermitaño en medio de tantos enanos grises.

La navidad y su alegría duelen cuando se está lejos de casa.

Llegó a la ciudad hace dos años y para su mala suerte, días antes de que cerrara por el Covid. El primer año gastó gran parte de sus ahorros rentando pequeños cuartos en diferentes departamentos del Midtown. Cuando el dinero ya no fue suficiente y tuvo que arrendar sofás por treinta y hasta cincuenta dólares la noche, los que trabajaban con él le preguntaban: «¿Por qué no buscas un cuarto en Queens? ¿El Bronx? ¿New Jersey? Está al otro lado del río». Los cuestionamientos, ocultos en formato de casuales preguntas, apuntaban a su irracional decisión que muchos interpretaban como arrogancia. Pero Ángel quiere estar en Manhattan. Algunos no le creen cuando dice donde vive; después de todo, la mayoría con los que conversa residen en Queens o el Bronx. Lo miran de pies a cabeza buscando alguna explicación, pero nuestro protagonista se hace el desentendido. «¿Dijiste Manhattan?», vuelven a preguntar para ver si se contradice y delata la farsa. Pero sabe cómo evadirlos, y haciendo un movimiento de aikido verbal, inventa una historia de una lotería que tiene la ciudad para rentar cuartos en el Midtown.

Y le creen.

Si Ángel decidió vivir en Nueva York, fue por una conversación de pasillo con un noruego de intercambio. «¿Qué lugar es bueno para volver a empezar?» fue la pregunta al paso, solo para no parecer descortés mientras caminaban por el pasillo de la facultad de economía y negocios donde ambos daban clases. Y el nombre de Nueva York fue tan violento como ese empujón hacia el vacío que todos alguna vez buscamos. Fue excitante. Pero luego, Ángel recordó a Travis Bickle manejando su taxi por Manhattan, recorriendo calles violentas, asesinatos, proxenetas, prostitutas de Broadway, pandillas y drogas, muchas drogas. «¡Vivir en una ciudad donde los policías matan a latinos y morenos simplemente porque les da la gana! Ese hijo de puta me tiene bronca».

En la vida hay decisiones que no tienen explicación, y que de existir, se resuelven cuando se está solo frente al vacío. Quien no ha experimentado ese miedo, no ha vivido. Ángel está lleno de contradicciones y a veces piensa en sus amigos que viven cómodamente con sus familias en Santiago. Sus autos, patios con quinchos para los asados de los fines de semana, buen vino, departamento en la playa. Ángel no tiene seguro de salud y tiene más de cuarenta años. Su cuerpo se ha maltratado por los diferentes trabajos que ha debido realizar en Manhattan y a los cuales no estaba acostumbrado. Sus rodillas están lesionadas, y a veces, le duele demasiado caminar.

Cuando llegó a Nueva York caía una lluvia torrencial (¿por qué todos los inmigrantes recuerdan haber llegado un día de lluvia?). Pasó por inmigración, donde dijo que era turista. Salió del aeropuerto y tomó el tren E que lo dejó en la Grand Central. Se detuvo en medio del domo y observó las pinturas del techo. Por un par de meses vivió en el Spanish Harlem junto a una pareja de rusos, hasta que lo echaron por un lío con unas chicas ucranianas. Se fue a vivir con una de ellas, pero el romance, que se podía reducir a sexo y conversaciones usando el traductor en linea, duró solo unas semanas hasta que apareció un tipo que la trataba como su esposo (aunque ella decía que no lo era).

Todo era muy confuso, absurdo, como un *sitcom* de bajo presupuesto. Tuvo que buscar un nuevo lugar donde vivir, y se fue más arriba, a Washington Heights donde el excesivo ruido de bachata, salsa y de los drogadictos que se inyectaban en las calles lo dejaron hastiado. Bajó al Upper West Side. Fue ahí donde la diosa fortuna detuvo la rueda en su nombre.

Una mañana, mientras bajaba en el ascensor, quedó atrapado entre el segundo y tercer piso. Pensó en su mala suerte. Inmediatamente tocó el timbre de emergencia. Lo hizo una, dos, tres y hasta siete veces hasta que escuchó una voz.

—Are you alright?

—Yes, I think… Do you speak spanish?

—Claro que hablo español.

—Necesito salir, voy al trabajo…

—¿Eres chileno?

—¿Tú también?

—Hueón, casi nunca se ven chilenos por acá, tenís suerte hueón, ya me estaba yendo. Dame tu número de teléfono, hueón.

—¿Para qué?

—Hueón, no hagai preguntas y dámelo.

Ángel le da el número y a los pocos minutos recibe por WhatsApp unos videos de unas bailarinas semidesnudas que movían el culo bailando el *Pump up the jam*.

Se hicieron amigos y el chileno le ayudó a conseguir un mejor trabajo con un hindú dueño del Natural Deli cerca de Macy's. Era bueno por las propinas hasta que comenzaron a disminuir, a pesar de que Ángel observaba que la clientela era la misma. Tiempo después, ese mismo amigo chileno cuyo apellido es Vergara, le consiguió un *basement* adaptado como *garden flat* en el sector de Kips Bay. Es un lugar oscuro y muy frío ya que el *boiler* no funciona porque pronto demolerán el edificio para levantar uno más moderno. Pero es su hogar, el mejor que ha tenido desde que llegó a Nueva York. Poco a poco lo ha ido amueblando con todo lo que la gente deja en la vereda del Upper West Side o Soho, donde los miércoles se pasea después de las tres, buscando muebles para su departamento. Durante la pandemia encontró un *Smart TV*, algunos cuadros con dibujos de calles de Portugal y Francia que acomodó en la sala, un sofá casi nuevo y un escritorio que Vergara le ayudó a cargar en su van comercial. Además, Vergara, que es dueño de una pequeña empresa de mantenimiento de edificios, le ha conseguido un microondas, un hornillo eléctrico, juegos de ollas, y hasta un mueble metálico donde Ángel ha ido acomodando sus libros y fotos de Chile.

Pero después de ocho meses, recibió la orden de desalojo por la demolición del edificio.

«Iba a suceder tarde o temprano», le respondió Vergara cuando Ángel lo llamó para contarle la mala noticia.

Desde que Ángel llegó a su *basement,* una rata lo acompaña por las noches. «No es una rat», le corrige Vergara, «es un mouse», y luego le explicó las diferencias. Algunas noches se despertaba con el ruido que hacía al morder la madera y trataba de buscarlo para golpearlo con una escoba. Una mañana despertó sobresaltado y se sorprendió al ver cómo el *mouse* lo observaba fijamente, como analizándolo, mientras sus pequeñas orejas se mantenían atentas. Pensó en tirarle una pelota de béisbol. La tomó y apuntó, pero el pequeño, en vez de intimidarse y huir, se quedó quieto, sacando pecho, resistiendo, amenazante, diciéndole «¿estás seguro? ¿Esta es la forma adulta de solucionar las cosas?» Se miraron con desconfianza, luego se observaron hasta que se quedaron dormidos.

El departamento de Ángel tiene solo dos ventanas *double-hung* que dan hacia la calle norte. En invierno la luz del sol casi no entra. Pero lo que realmente importa para esta historia es la pequeña ventana del dormitorio que tiene vista al patio interior del edificio. Después de ese patio oscuro y muros de ladrillo, después de cruzar todo ese espacio lleno de grietas llenas de musgo, macetas, muebles abandonados y tarros de basura, al final de todo eso, hay una hermosa luz que sale de un departamento escondido como una gruta milagrosa entre las sombras de los rascacielos. Allí, en el primer piso, vive una chica cuyo cuerpo es pálido, delgado y flexible. Se mueve tan libremente y es tan hermosa que a Ángel no le cabe duda: «es una bailarina de ballet». Ella nunca cierra las cortinas de su dormitorio y se pasea desnuda cuando sale del baño con una toalla amarrada al pelo. A nuestro protagonista le gusta observar su cuerpo atlético y pálido. Ella aún no lo sabe, pero Ángel le dice «mi bailarina». Su bailarina es un poco descarada, porque tampoco cierra sus cortinas cuando se acuesta con algún chico y él observa sus piernas delgadas, como oscilan en el aire mientras imagina los sonidos de su voz.

Los viernes son los días de fiestas. Llegan sus amigas a eso de las nueve y hacen coreografías y luego del alcohol, se desnudan frente a la ventana probándose diferentes prendas de ropa, minifaldas, abrigos de piel y cuando ya están bien arregladas, salen a alguna fiesta. Cuando amanece, Ángel abre sus ojos y frente a él están desnudas durmiendo sobre la cama. Son delgadas y de senos rosados, oscuros y pequeños, casi planos. Sus amigas también parecen bailarinas. Entonces Ángel las ha bautizado como «la comparsa». A veces, durante las noches, cuando Ángel regresa del trabajo en el *deli*, se detiene afuera del edificio de su bailarina para observar el número del primer departamento: «Ap#1 Vasuchenko, D». Entonces piensa en los posibles nombres. ¿Daisy? ¿Diana? ¿Destiny? Varias veces ha considerado tocar el timbre, pero no se atreve a cruzar la línea de ese deseo.

Las noches de invierno son muy hermosas junto a su bailarina. Cuando nieva y caen esos copos gravitantes, transforman el patio interior en un bello escenario. Ángel recuerda una película que podría ser de Kurosawa y se sienta junto a la ventana a esperar. De pronto, su misteriosa bailarina abre su ventana y sale vestida tan solo con un abrigo de piel y botas. Se para en medio del patio y se lo saca. Ángel traga saliva. Su bailarina comienza a moverse desnuda dejando las huellas de sus pisadas en la nieve, da vueltas por el pequeño patio llenando el espacio de movimientos y sombras que se alargan y reducen mientras la nieve poco a poco se derrite. Su cuerpo libre, su fiesta secreta, es una demostración de que en cualquier rincón de Manhattan la vida se transforma en arte. Luego se detiene y busca el teléfono en su abrigo. Se toma unas selfies que envía a alguien.

Ángel mira su teléfono, sonríe.

Mouse observa todo desde un rincón del patio. Pero aburrido de la absurda escena, entra al departamento para comer algo de queso que Ángel siempre le deja junto a la puerta. Mientras mastica, piensa en si el pobre hombre se habrá enamorado alguna vez. Tiene diferentes teorías inciertas, después de todo, Mouse tampoco es muy experto a pesar de ser padre de más de cien crías procreadas con diez o doce hembras. Desde que Ángel conoció a Mouse, piensa mucho en las ratas de Nueva York, y ya no las ve como simples roedores. Cuando camina al trabajo, observa cómo se cruzan a su paso y las sigue con la mirada. Le gusta mirar el impulso de sus patas traseras, cómo sus colas se arrastran por el suelo y los movimientos elásticos, nerviosos de sus cuerpos y cabezas, hasta que se esconden en algún agujero que han construido en el pavimento. En el *subway*, Ángel se detiene en la orilla del andén. Principalmente en la estación de la 51th Street., que es donde hay más ratas. Se mueven buscando comida entre las botellas plásticas, latas de bebidas y bolsas de papas fritas. Luego, cuando se acerca un carro y los rieles comienzan a vibrar, levantan sus pequeñas cabezas y sus redondas orejas. Sus lomos abultados brillan con la luz del tren. Algunas no hacen mucho esfuerzo por protegerse, como correr hasta otra línea o meterse en algún agujero, se quedan quietas y cuando todos los carros han pasado, continúan en sus labores rutinarias, como si nada. Pero hay algo que nuestro protagonista ha notado y es que Mouse hace días que no se aparece por el *basement*. Piensa en lo peor. A veces se queda despierto esperando que regrese. Le ha dejado algo de comida en el piso, pero nada. También ha comprado lápices de colores y hecho algunos dibujos de Mouse en un papel tamaño carta que luego pega en el muro. Ya lleva cuatro. Algunas noches ha despertado pensando que Mouse roe las paredes, pero son los ruidos de la calle o tal vez otros *mouses*.

Pero a la pérdida de Mouse hay que agregar algo más.

En el Natural Deli, donde Ángel trabaja, debe hacer de todo: preparar el café, limpiar las mesas, el baño, además, el dueño le enseñó a hacer sándwiches de pastrami. Raj siempre se las arregla para pagarle menos y eso ha ido empeorando con los meses, ya que se queda con gran parte de las propinas que dejan los clientes. Sabe muy bien la situación de inmigrante de nuestro protagonista y se aprovecha de eso. Cuando algún trabajador le pide explicaciones sobre la paga, Raj solamente le dice en tono amenazante, «quizás debas preguntar en ICE».

Esta semana, Ángel ha estado a cargo de abrir el negocio a las seis de la mañana. La rutina de siempre. Encender las máquinas, limpiar las mesas, barrer el piso, revisar el baño, subir las cajas de leche, pan, café y otros productos del *basement*. Al mediodía detiene su trabajo por diez minutos para descansar. Ángel sale a la calle y fuma un porro mientras observa al tipo del Ejército de Salvación que baila para la colecta navideña. Pero Raj no le deja terminar, «maldito hindú. Maldita ciudad, malditos clientes que hacen preguntas con sus sonrisas de estúpidos turistas». Le ordena bajar al *basement* para subir diez cajas que trajo el distribuidor. «Maldito hindú. Maldita ciudad, maldita gente que me pide la cuenta con sus sonrisas de estúpidos turistas», lo repite furioso por el asunto de las propinas que ya ha sobrepasado todo límite. Sube y baja, o tal vez baja y sube. Quién sabe. Cuando ha terminado, Raj le pide un favor, quedarse a cargo mientras él va al banco a depositar unos cheques, «no tardo más de diez minutos» le dice. Ángel que solo quiere golpearlo le responde con una sonrisa, «sure», y se sienta en el trono del jefe desde donde se ve todo, desde la caja, las bebidas heladas y al fondo el mexicano de apellido Flores, que prepara los almuerzos. Luego de unos minutos ve que la caja está abierta. Estira sus manos y la abre. Descubre un dineral, saca lo que puede, se lo echa al bolsillo y cierra. Luego llega Raj y nuestro protagonista va al baño para contar el dinero. Son casi quinientos dólares. Hace sus cálculos y llega a la conclusión de que es menos de lo que le han robado por las propinas, pero es mejor que nada. Sale del baño y Raj le grita desde el mostrador. Ángel despierta del encantamiento y recuerda la cámara que está detrás de la caja. «Hijo de puta, lo vio todo», piensa. Luego escucha más gritos y nuestro protagonista, que nunca fue muy buen corredor y menos ahora que tiene lesionadas las rodillas, toma su abrigo y huye del lugar dejando los gritos del hindú atrás:

«¡Maldito ladrón, maldito inmigrante!» «¡Te voy a matar!»

Ángel corrió sin parar, sin mirar atrás, como si el mismísimo demonio lo siguiera. Pasó por la treinta y nueve donde atravesó unas nubes de vapor que salían de una alcantarilla cortando sus frágiles figuras. Pasó algunos semáforos en rojo y un taxista bajó la ventana para gritarle algo que no escuchó. Saltó algunas pozas de agua que reflejaron sus piernas en Madison Ave., luego esquivó varios vehículos en Park Ave., hasta que llegó a Lexington Ave., ya casi sin alimento y tuvo que afirmarse en una vitrina de CVS. Cuando por fin tuvo fuerzas para levantar la vista, lo vio: el Chrysler Building, su majestuosa punta de cohete *art deco* y sus gárgolas inquisidoras observando como jueces de la ciudad. «Estoy en New York», luego dio un paso para verlo mejor y estiró su espalda, «¡jodido pero en Nueva York!» y comenzó a reír en medio del anonimato de la ciudad, una risa que se reflejó en la vitrina con sus descuentos navideños. Se sintió mejor. Respiró con más calma y se fue caminando muy lento hacia su *basement* donde estaba seguro porque a Raj le dio una dirección distinta.

Y ahí se quedó encerrado.

Fueron tres o tal vez cuatro días pensando en las formas de volver a Chile. Hizo una lista en un cuaderno, y escribió: «vender muebles, sacar el dinero del banco, despedirse de los amigos, buscar vuelos económicos». Sentía el estómago tan apretado que no le hubiese entrado ni siquiera una miga de pan. Buscó consuelo en su bailarina. Pero no estaba, hace días que no la veía.

¿Qué otra señal tenía que recibir?

Fue el domingo que salió de su trinchera. Era un día soleado pero muy frío. El termómetro marcaba veintinueve grados Fahrenheit. Despertó con hambre. Mucha hambre. Pensó que le haría bien caminar un poco por la orilla del East River y lo hizo. Luego fue al Trader Joe's y compró algo de comida congelada para meter en el microondas.

Cuando regresó a su *basement*, recibió la llamada de Vergara.

—¿Te llegó la notificación?

—¿Para qué preguntas huevadas?.

—No hueón, me refiero a la última… suspendieron la demolición. Los dueños del edificio de al lado, unos judíos, hicieron una demanda y lograron suspender todo. Yo creo que esto tiene para rato. Un par de años quizás. La media raja que tenís hueón.

Ángel no lo deja terminar, corta el teléfono y sale de su *basement* con dirección al *subway* para ir a la tienda Burlington de Union Square y con el *cash* robado, compra una camisa, un pantalón que le hizo juego, un abrigo de paño y un perfume con aroma dulce. Luego se dirige a la tienda de zapatos que está en el mismo edificio y compra zapatos color café muy elegantes. Con todas esas bolsas regresa a su departamento. Se ducha, se afeita, y se viste con su nueva tenida. Pero toda esa ceremonia se interrumpe con la aparición de Mouse. «¡Estas vivo!» grita de alegría, y Mouse, haciéndose el desentendido, recorre el pequeño departamento, inspeccionando todo, quejándose de los platos sucios en el fregadero, la cama deshecha, la ropa sin planchar sobre el sofá y luego se sienta frente a la ventana que da al patio interior. Ángel se siente feliz y Mouse también, aunque este último oculta su brillo mirando por la ventana. Antes de salir, Ángel le deja algo de comida que Mouse agradece con una sonrisa ratonil.

Ángel camina hasta Park Avenue donde compra unas flores y con ellas en la mano, se dirige hasta el edificio de su bailarina. Espera a que alguien salga del edificio para poder entrar. Camina hasta el final del pasillo y se para frente a la puerta. Se desabotona el abrigo y toca el timbre que despierta los ladridos de un perro, oye los pasos ligeros y desnudos de su bella bailarina que poco a poco se acercan para recibirlo. Ángel se estremece cuando la voz junto a la puerta dice «Hello?» y luego el cerrojo que cede de una forma que le impacienta y termina con un glorioso ¡click! y nuevamente la voz de la mujer que suena más juguetona, «Hello?» y espera unos segundos antes de abrir de una vez para mirarlo sorprendida cuando Ángel la toma de la cintura y la besa sin dejar espacio a que su *bella bailarina* trate de entender lo que sucede. Ella lo empuja y luego retrocede tan excitada que deja escapar un aliento devastador que se va por el pasillo, zigzagueante, chocando contra sus muros hasta que por fin logra encontrar la puerta de salida y en la 33th Street, se eleva explotando en centenares de luces como luciérnagas de bengala que huyen apresuradas por las calles y avenidas del Midtown. Una de ellas, da un vuelo rasante por Lexington Ave., y pasa cerca de dos desconocidos quienes luego de mirarse, se besan sorprendidos por lo montaraz de sus actos. El chofer de una ambulancia se queda mirándolos y pisa de golpe el freno de su vehículo creando un embotellamiento de proporciones. Las puertas posteriores se abren como las cortinas del mismísimo Radio City Hall, y saltan a la calle unos músicos que pese a sus graves lesiones buscan sus instrumentos para tocar un bolero cuyas notas hacen que el vendedor del puesto de verduras deje abandonado su lugar para correr tras la mujer que nunca le ha comprado nada. Le grita su nombre, le toma de la mano y bailan seguros de sus deseos, mientras ella le sonríe de una forma tan bonita, tan bella, que los apresurados transeúntes se detienen, gritan de alegría porque es algo hermoso de ver en una ciudad como Nueva York; mientras tanto, lejos de todo esa fiesta, de ese carnaval callejero, Ángel y su bella bailarina se miran bajo el dintel de la puerta, hasta que ella lo invita a pasar y sólo entonces, Ángel Ernesto Cortez Miranda, comprende que el destino no es más que un acto de fe, de resistir, de creer y seguir adelante, pero también, sabe que su bella bailarina es suya, y que probablemente, siempre lo fue.

«English, please!»

«Te acompaño el jueves», es lo último que dice Deyanira antes de salir. La voz y el portazo sacuden las persianas y a Carlos, que no piensa en otra cosa que en una advertencia; pero, «¿a dónde?». Esa pregunta le deja una urgencia en el cuerpo que lo desconcentra del noticiero y las imágenes de la joven alemana asesinada en Brooklyn y del policía junto al cuerpo, haciendo señas al camarógrafo para que salga del «sitio del suceso». La angustiosa voz del periodista de Univisión que lee los detalles del homicidio, aporta un aspecto desolador a la escena del crimen y vuelve más inquietante la pregunta: «¿A dónde me quiere acompañar?». Carlos sigue bebiendo su café. Van y vienen aletargados mordiscos a una tostada con mantequilla que se desgrana entre sus manos de obrero, mientras el noticiero pasa de la crónica roja al informe del tráfico. «¿A dónde?». Y es por esas imágenes de largas filas de vehículos en el Long Island Expressway que lo recuerda y un dolor en el estómago le hace perder el apetito.

«¡Mierda!».

Carlos y Deyanira no se hablan desde el último cumpleaños familiar, y eso de «te acompaño el jueves» es lo más cercano que han tenido a una conversación. Deyanira regresa todos los días muy tarde de su trabajo en el *marketplace* que está justo en la esquina de la noventa y seis con Lexington, donde trabaja de cajera. Los domingos van juntos a la misa en español que hace el curita Sarmiento y se dan el saludo de paz, ella mirando para un lado y él para el otro. Reciben la comunión y luego se arrodillan ensimismados en sus tribulaciones. Carlos cierra los ojos y le pide a Dios que sus problemas desaparezcan de una vez por todas. Pero no ofrece nada a cambio. Ni siquiera una vela a alguno de los santos. Cuando llegan al departamento, el almuerzo se transforma en una oda a la indiferencia. Sentados frente a frente en la pequeña mesa, se evitan mirando sus teléfonos y con teatrales gestos deslizan el dedo sobre la pantalla hacia arriba, luego hacia abajo, luego texteando algún mensaje, una risa fingida, y luego siguen buscando en la pantalla alguna nueva excusa para no hablar. Después de comer se levantan, «muchas gracias», «de nada», Carlos se va a dormir la siesta junto a su teléfono porque piensa que María lo puede llamar en cualquier momento. Los domingos son más difíciles porque ambos están en el pequeño departamento intentando evitarse, asediándose en ese pequeño escenario de combate urbano. Algunas veces, Carlos, o el Burro como le dicen sus amigos, se queda observando los movimientos de Chelsea, la gata de su vecina, tratando de descubrir cómo hace para entrar en su departamento y moverse por todas las habitaciones sin que se den cuenta, dejando tan solo algunos pelos en la alfombra como testimonio de su paso por el lugar. En cambio, Carlos y Deyanira son como dos *eighteen wheeler trucks*, siempre a milímetros de estrellarse.

Es cierto que no se hablan desde el cumpleaños del hermano de Carlos, como también que desde ese día, las peleas fueron creciendo a medida que Deyanira buscaba explicaciones que no llegaban, hasta que su paciencia estalló definitivamente durante las pasadas fiestas de Halloween:

—Y a ti, ¿no te da la cabeza para aprender inglés? –le enrostró Deyanira–, llevamos diez años y aún no entiendes una simple pregunta, Bu-rri-to.

La discusión había comenzado en el *deli* del barrio debido a que la cajera no hablaba español y le hizo a Carlos algunas preguntas en un inglés con fuerte acento asiático. Él la miró molesto y luego buscó a Deyanira para que le sirviera de intérprete. Eso fue suficiente para colmar su paciencia. La discusión se prolongó con gritos de ida y vuelta hasta que llegaron a la entrada de su edificio, donde Deyanira le criticó su falta de empeño por aprender inglés; unos metros más allá, una familia de ecuatorianos que preparaban su *barbecue* cerca del estacionamiento se dio vuelta, simulando sacar unas cervezas del *cooler*, solo para ver cómodamente la discusión.

—Y qué culpa tengo que la china no hable español si aquí nadie habla inglés, en Queens no necesitas hablar inglés, ¡nadie lo necesita! –le respondió, mientras de reojo observaba la reacción de sus vecinos, para que les quedara bien claro quién manda, no sin antes gritarles–: ¡ustedes qué miran!

Deyanira se tomó la falda y caminó a marcha forzada hasta las escaleras del edificio donde se detuvo de golpe.

—Pero tu hija no habla español, y después no sé de qué te quejas, Burro.

—Tú y esas ideas que se te metieron en la cabeza de esconder su español, tú y tus miedos, y ahora mi hija...

Carlos detuvo su verborrea al mirar el rostro de Deyanira, cómo se descomponía en pedazos de amargura que corrieron por sus mejillas hasta llegar al suelo y que lo descolocaron completamente. Pensó que recibiría una dura respuesta, pero no fue así.

—Mi María... –suspiró Deyanira–. ¿Por qué dejaste que le hicieran eso?

A las semanas siguientes de esa discusión despidieron a Carlos del trabajo, mientras que su hija, María, se marchó del departamento. Aquella tarde, Carlos pensaba llegar temprano a casa después de terminar unas instalaciones eléctricas en un *penthouse* del *downtown*, cuando Vergara, el dueño del *building service*, lo llamó para ordenarle que pasara a la oficina. Sintió algo extraño, la voz del jefe, siempre con la broma de doble sentido en la punta de la lengua, ya no era divertida y pensó que algo malo se venía. «Estamos quebrados», le dijo sin rodeos. Carlos no supo cómo reaccionar. Pero luego le sucedió algo extraño, le vino al cuerpo esa energía revitalizante que sienten los enfermos antes de morir, esa calma antes de la tormenta: «Boss, todo se va a solucionar, todo va a estar bien, ya verá».

Durante semanas Carlos se movió por Queens, El Bronx, Brooklyn, incluso New Jersey buscando trabajo. Las semanas se fueron transformando en meses y los meses en estaciones de angustia y rabia acumulada. A veces, visitaba a sus amigos en la construcción para averiguar si había un puesto de *handyman*. Incluso visitó a su cuñado *realtor* en Astoria, a quien no veía desde aquel cumpleaños. Pero la respuesta siempre fue la misma: «no hay trabajo». El tiempo quedaba atrás, pero no su desesperación. Deyanira también se desesperaba, más aún después de la partida de María a Allentown. «¿Allentown?», preguntó Carlos el día que Deyanira se lo dijo, para luego intentar teclear el nombre de la ciudad en *Google Maps*. Nunca imaginó que su hija se iría más allá de Long Island.

Fue cerca de Navidad cuando María llamó a su madre. Hablaron sobre la renta de su nuevo departamento, mientras que con la cámara le mostraba los dormitorios y esa cocina con vista a un parque con muchos árboles. Hablaron sobre su nuevo trabajo en el hospital, en el área de pediatría y lo tranquilo que era todo, muy diferente a Queens, mientras Carlos escuchaba con cara de macho herido. Por más que trataba, no lograba entender ni una sola frase de la conversación. Ellas hablaban *spanglish* y las risitas cómplices terminaron por enfurecerlo y «no señor, de mí nadie se burla», arremetió en la conversación frustrándose aún más al no poder decirle a su hija que la extrañaba, mientras ella a cada instante lo interrumpía con eso de «no te entiendo Carlos, habla más lento Carlos». «¿Carlos? Qué te has creído, soy tu padre pendeja insolente», le gritó fuerte, pero luego no supo cómo contener la potente respuesta que le llegó en inglés y que no debió ser nada bueno porque Deyanira miró al cielo pidiendo disculpas a Dios y luego miró a Burro con un odio que no sentía desde aquel último cumpleaños familiar.

Lo que sucedió durante el pasado cumpleaños fue algo «confuso». Pero confuso para la familia de

45

Carlos, porque la unión familiar es más importante que cualquier dolor personal. Una forma de subsistencia que por generaciones había dado buenos resultados. Fue durante ese cumpleaños de fines de agosto, cuando María preparaba la carne para el *barbecue*, que sucedió ese acto «confuso». La familia de Carlos, tíos, abuelas y primos, estaba en el patio recogiendo los dulces de la piñata acabada de romper, cuando el hermano de Carlos fue a conversar con María que estaba en la cocina condimentando la carne.

—¿Qué haces? –preguntó exhalando un fuerte olor a alcohol.

María lo miró con desprecio, ese que siempre le tuvo, y tomó la bandeja con la carne para huir del lugar.

—No te vayas, ya ni conversamos sobrina –La imponente figura del tío, muy distinta a la de Carlos, intimidó a la joven que se quedó inmóvil con su mano apretada en la bandeja como si fuera un arma que nunca podría utilizar. Fue entonces que entró Deyanira a la cocina.

—¡Qué haces! –gritó la madre con su voz de comandante, mientras él se alejaba de la joven sacándole las manos de los senos.

—Nada, mujer, ya ni se puede conversar tranquilo con la sobrina –le respondió con una irónica sonrisa de borracho.

Deyanira abrazó a su hija mientras él se escabullía lentamente balbuceando maldiciones en el camino. Luego llamó a Carlos con gritos de espanto que asustaron a todos los que estaban en el patio recogiendo los últimos dulces de la piñata. Carlos los calmó con una torpe excusa: «Vio una supercucaracha», y sus parientes festejaron su ocurrencia. Cuando entró a la cocina ellas estaban abrazadas y María temblaba ocultando su rostro de vergüenza. «Debe ser un error, somos todos familia», «¡pero Carlos!», «no mujer, no empecemos de nuevo con problemas, menos ahora», le dio un abrazo a ambas y se llevó la carne al patio dejándolas ahí, solas, esperando una respuesta que nunca llegaría.

Pero hace unas semanas, Dios se había acordado de las plegarias de Carlos.

El portador del mensaje fue Pedro, su vecino. Ese día lo llamó para ofrecerle un trabajo en el aeropuerto LaGuardia, parqueando carros de los clientes de los hoteles IBIS y Aloft. Carlos vio la oportunidad de trabajar en algo fácil, cerca de su hogar y con buena paga, «las propinas son muy buenas», le dijo Pedro, quien hace años trabajaba en eso y lo recomendó a su jefe con una excelente carta de presentación: «Burro es trabajador y honrado». Lo contrataron, pero había un problema que solo confesó después de la entrevista: no tengo licencia de conducir. Ese mismo día, Carlos sacó una cita en el Departamento de Vehículos para tomar el examen y Deyanira lo supo todo por la carta que llegó días después confirmando la hora y lugar del *test* que Carlos debía rendir: el jueves a las diez y treinta.

«¡Mierda!».

Carlos se echa sobre el respaldo del asiento. «¿Me va a acompañar al examen de conducir?». Maldice, balbucea e ironiza pensando que es una cita con el demonio, «ni modo, ¡Ni la virgencita me salva de esta!». Resignado, deja el pan con mantequilla en el plato y apaga el televisor cuando el noticiero de Univisión cambia de Long Island Expressway al tráfico de Manhattan. Entonces recuerda que debe llamar a Pedro y pedirle un vehículo para practicar.

Los días pasan como siempre, tensos, angustiantes, sin mirarse, sin hablar, sobreviviendo en un escenario que ya no desean y donde las fotos de sus padres colgadas en la pared de otro mundo delatan realidades pasadas y presentes a la vez. Llega el día del examen. Carlos y Deyanira salen temprano al Departamento de Vehículos. Ella, siempre en silencio, disfruta el torpe comportamiento de su esposo. Carlos cierra la puerta del departamento. En la calle, le dice a su mujer que espere, «parece que no cerré con llave» y sube nervioso a revisar. Luego toman el bus hasta el aeropuerto para retirar el carro que Pedro ha sacado a escondidas del estacionamiento. En el bus, Carlos revisa una y otra vez sus documentos. Los deletrea para asegurarse de que son los que necesita y los guarda en su cartera. Luego, parece que algo no está muy claro y los vuelve a sacar. Deyanira lo mira mientras se echa una pastilla de menta en la boca. Carlos la mira de soslayo, con rabia, porque está seguro de que ella disfruta todo. En LaGuardia, Pedro lo espera con el Toyota Prius. Carlos nunca se ha subido a un coche eléctrico y al encenderlo, piensa que la batería se ha descargado. Nada, ni un sonido.

Deyanira, que está sentada a su lado, lo mira perocupada:

—A poco que ahorita se te olvidó manejar, Burro.

—Es que parece que no enciende.

Pedro, que está en la entrada del estacionamiento, lo mira angustiado y hace un gesto con ambas manos para que salgan rápido antes de que llegue el jefe. Carlos pisa el acelerador y el carro da un tirón que hace sacudir la cabeza de Deyanira y luego avanza suavemente.

—¡Mira el tablero!, ¡mira el tablero! –le grita Pedro cuando Carlos pasa por su lado. Ahí puede verificar los signos vitales del carro.

Son casi las diez cuando llegan al Departamento de Vehículos, donde los murmullos del enjambre humano se apagan de golpe cuando aparece una de las evaluadoras que luego de leer la ficha, grita:

—¡Mister Carlos Miranda…! ¡Carlos Miranda! –la segunda vez el tono parece más irritado.

La mujer, una morena alta y maciza, lleva amarrada a su cuello una pañoleta de seda morada y viste una falda gris, lo suficientemente corta como para dejar ver el tatuaje de una serpiente en los muslos. Mira atenta por todo el espacio, como buscando una presa que despedazar hasta que la encuentra en ese pequeño cuerpo que camina indeciso hacia ella.

—Follow me! –le dice sin siquiera mirarlo.

Carlos recuerda los consejos de Pedro sobre el ser amable en todo momento. Cuando la mujer entra al vehículo y se acomoda en su asiento para escribir algunas notas en la ficha, Carlos se apresura a aconsejarle:

—Please, put on your seatbelt.

—You won't tell me what I have to do –Carlos no entiende muy bien, pero el tono de voz le deja muy claro que está molesta por el consejo.

—¿Enciendo el motor?

—Oh man, speak English. We are in America!

—Oh, yes, yes, in America, sorry, señorita.

—English, please…

Carlos trata de pensar en algo que lo tranquilice y recuerda cuando María gateaba por el departamento siguiendo la pelotita de goma que había comprado en la feria y reía con esa energía que solo traen los críos en sus primeros años de vida. Se siente feliz y el carro comienza a moverse. Dobla por Jamaica Avenue y sigue sin complicaciones, gracias a las instrucciones dictadas en un inglés muy claro y preciso, pero al llegar a Hillside Avenue, la mujer da una última instrucción.

—Park the car here, please.

—¿Qué?

—Park the car... –Carlos entiende tarde y se pasa de largo. Detiene el carro para retroceder.

—What are you doing?! Don't back up!

—Sorry, sorry– El motor del coche se detiene y Carlos trata de hacerlo andar mientras la mujer le grita–: What are you doing?!, what are you doing?!

—Let's go back –le dice ya muy fastidiada–. Go this way, now!

—¿Por aquí?

—English, we live in America!

Oh my God!, es el peor postulante que la mujer ha tenido esa mañana. Cuando regresan al Departamento de Vehículos, Carlos ni siquiera tiene fuerzas suficientes para levantarse del asiento. Se queda ahí, sentado, mirando una calle que siempre le ha sido hostil, mientras la mujer escribe apresuradamente algo en la papeleta, balbuceando cosas que Burro agradece no entender y luego se la tira sobre el asiento dejando como despedida un portazo.

—¿Qué le hiciste a la señora, Burro? –le grita Deyanira muy asustada al ver cómo la mujer camina hacia el edificio murmurando maldiciones–. ¡Ya lo sabía! Siempre lo echas todo a perder, eres un inútil. Ahora mismo llamo para pedir otra cita.

—No, no lo hagas –responde con una voz tan frágil que Deyanira entiende que ya es suficiente. Se van juntos. En silencio. Humillado, Carlos conduce hasta la estación más cercana, en Jackson Heights, donde Deyanira toma el tren de la línea siete con dirección a Manhattan y él continúa hasta LaGuardia para devolver el carro.

Luego de tres semanas llega una carta del Departamento de Vehículos. Carlos la guarda en el velador para que Deyanira no la vea. Después de las telenovelas nocturnas, Carlos abre el sobre para saber si le han dado otra fecha de examen o algo parecido y se sorprende al ver un pequeño plástico con su rostro. Su propia licencia de conducir. Una identificación. No sabe cómo reaccionar ante las desconocidas pulsaciones en su pecho que parece explotar cuando lee su nombre en voz alta, «Carlos

Miranda». No le dice nada a su mujer. Se sienta de golpe en el sofá, frente al televisor, pero no lo enciende, solo mira el reflejo de su rostro en la pantalla.

El invierno en New York ha terminado. La nieve ha desaparecido. Queens amanece con esas imágenes de rostros y acentos que merodean lo desconocido. Grupos de latinos, asiáticos, africanos, árabes que cruzan el incierto derrotero de sus sueños entre calles desteñidas, colmadas de letreros y baratijas que cuelgan con sus aromas y lejanos misterios. Un Queens que es un pedazo de New York y del mundo entero a la vez.

—Hey, Carlos, ¿cómo sigue todo con Deyanira? –pregunta Pedro mientras mira de reojo a una chica en minifalda que hace señas a un taxi.

—Bien, creo –Carlos da unos apresurados mordiscos a su *bacon egg and cheese bagel*, mientras mira con indiferencia hacia Roosevelt Avenue.

—¿Cómo es eso? –La chica se sube al taxi y Pedro se voltea para ver sus hermosas piernas–. Desde que se separaron que no quieres hablar. Bueno, en todo caso, que te vaya bien y recuerda, es una cuestión de actitud. ¿Okay? A las cinco me devuelves el carro.

Un tren pasa con destino a Flushing. Ambos quedan en silencio esperando que se aleje el molesto ruido metálico que parece desmantelar toda la vía elevada del metro. Pero el rostro de una adolescente que viaja en uno de los carros desvía la atención de Carlos. Es una sonrisa cálida y soñadora, como la de su María, y sonríe junto a ella, de esa forma que desvanece la agonía. «Estoy bien.., sí, estoy bien, no te preocupes», lo repite muy bajo como ocultándose tras el ruido del tren que aún domina el aire de Roosevelt Avenue. Deja ocho dólares sobre la mesa del carro de comida y camina hacia el vehículo en la esquina de Elmhurst, donde programa el GPS con dirección a un hospital de Allentown, pero antes de partir, se distrae con la estela de vapor de un avión que ha despegado de LaGuardia, la sigue con la mirada y no la suelta, hasta que se desvanece completamente sobre los cielos de New York.

Ya estás metida en esto

Son las cuatro de la tarde cuando Margarita recibe el mensaje de texto. El tráfico del viernes y las pesadas nubes de enero sobre Manhattan le provocan esa agradable sensación de domingo frente a la chimenea. Pero ahora es diferente. Sube el volumen de la radio para cantar esa canción que le recuerda a un novio de la secundaria: «Cuando calienta el sol, aquí en la playa, siento tu cuerpo vibrar cerca de mi» y la exagerada contorsión de su boca, de sus manos, llaman la atención de los otros automovilistas. «Es tu palpitar, es tu cara, es tu pelo, son tus besos, me estremezco, oh,oh,oh» Un nuevo mensaje entra a su teléfono, aunque Margarita no responde llamadas ni mensajes los viernes después de las tres de la tarde mira la pantalla. Es Elena, se detiene frente al semáforo y lee el mensaje. Su presentimiento va por el camino correcto y sonríe después de poner el motor en marcha. Esta semana Margarita ha cerrado dos ventas por casi ocho millones de dólares; ahora va por la tercera. «Esas son las mejores». Observa los vehículos que pasan a su lado y se imagina conduciendo el Audi color metálico hasta su casa en Bronxville. Justo esta mañana había cerrado su última venta, un penthouse de Tribeca. Fue todo un embrollo. Casi tres meses de trámites con abogados y entrevistas con el comité del edificio, unos verdaderos príncipes de las tinieblas, como ella los bautizó y que para Elena eran simplemente unos malditos *mother fucker*. Vender departamentos en Manhattan puede ser una tortura comparado con Los Ángeles, donde un buen contrato se puede cerrar en tan solo un par de semanas.

ARE YOU THERE ?   04:00PM

                                    ??   04:00PM

HEY... YOU HAVE TO COME
NOW!   04:03PM

                          HI   04:00SM

                          NOW ??   04:05PM

YES NOW. !!!!!   04:05PM

Con el teléfono entre las piernas, Margarita
entiende el mensaje. La última vez que Elena le
llamó con esa urgencia, fue para cerrar la venta de
un departamento en Hell's Kitchen que llevaba dos
años desocupado. Elena sabe que ella es reconocida
en el ambiente por su capacidad de cerrar tratos
complejos, porque posee el encanto, la palabra
precisa, porque sabe reconocer las debilidades de
sus clientes y manejarlos hasta lograr la firma. En

un santiamén la joven pareja tejana, dueños de una compañía de servicios digitales, se decidió y firmó la compra. Realmente «esta semana ha sido legendaria». Seguramente la recordaría toda su vida.

Conoce perfectamente la dirección, pero de todas formas la escribe en el GPS del vehículo y toma el FDR Drive hacia *downtown* y envía un mensaje de voz: «I'll be there in twenty minutes».

Ambas trabajan de *real estate* en una oficina del distrito financiero. En épocas muy distintas, ambas habían llegado a Nueva York desde Los Ángeles. Se reconocieron mutuamente por la forma pausada de hablar de Margarita y la forma de caminar de Elena. Fue en una conversación de pasillo que Elena supo sobre la casa que Margarita tenía en los Ángeles. Luego comenzaron las conversaciones sobre el transporte público de New York; el clima de Los Ángeles y su comida mexicana; la espontaneidad de los neoyorquinos y su fanatismo por las pizzas y *bagels*, las postales navideñas que ambas admiraban desde pequeñas e ir de compras a las tiendas de Soho. Fue así que hace tres años, comenzaron a crear una relación parecida a la amistad. Elena no sabe mucho sobre Margarita, cosas que en una amistad deberían conocerse, pero había aprendido mucho de sus técnicas de venta y eso era suficiente. Margarita sabe que Elena viene de Londres, pero que no es de Londres y que tiene un novio puertorriqueño que le regaló un *poodle* llamado Ted. «¿Cómo Ted Cruz?», le preguntó en broma un día que caminaban al bar que frecuentaban los jueves en el West Village y por la mirada de Elena, se dio cuenta de que había cometido un error.

A las cuatro y cincuenta Margarita llega a la dirección señalada. Se baja del auto y observa los detalles exteriores del viejo edificio de seis pisos. Es una de esas bodegas construidas junto al embarcadero en el Hudson, que tienen esa cualidad de las siete vidas de un gato, porque luego de su abandono fueron invadidas por borrachos, drogadictos y pandilleros, que habitaron en ellas junto a los aromas y espacios que antes ocuparon escritorios de contadores, bolsas con granos de café o tabaco de la Habana. Después de algunos años, estaban nuevamente en la calle quemando periódicos y tablas para burlar el frío. Después llegaron fotógrafos, escritores, bailarinas quienes, atraídos por esos amplios e iluminados pisos, fueron transformando no solo sus departamentos, sino también el barrio. Innovadores restaurantes, cafés literarios y tiendas de diseñadores alternativos, rápidamente se tuvieron que marchar cuando los especuladores inmobiliarios vieron en aquel barrio un buen lugar para los ejecutivos de Wall Street y las rentas se hicieron impagables. Pero el edificio mantiene un nostálgico detalle que siempre llama la atención de Margarita: un gran letrero de madera que dice B-FISCHER & CO., colgando desde el tercer piso.

Una leve capa de nieve cubre la acera, nada complicado para caminar con sus tacos altos Manolo. Margarita mira el directorio del edificio y antes de tocar el timbre Elena abre la puerta.

—¡Sígueme, rápido!

—¡Hey!, tanto misterio.

La tira del brazo. Margarita esconde la mirada ante la cámara de seguridad junto a la escalera. Suben hasta el segundo piso donde entran a un departamento que Margarita observa maravillada por la amplitud y belleza de sus detalles, pero no hay tiempo para contemplaciones porque cruzan la sala y entran a otra habitación con una pequeña biblioteca. Mira de reojo los libros de psicología, literatura inglesa y otros con letras doradas que no puede reconocer. Con los guantes aun puestos, toma uno al azar, sopla el polvo y comienza a ojearlo mientras Elena camina hasta un escritorio donde ha dejado carpetas y documentos perfectamente ordenados.

—¿Qué es todo esto?

—Necesito que me ayudes.

—¿Una venta?

Elena abre una botella de *whisky* que está junto a la biblioteca, se sirve un vaso y le ofrece otro a Margarita.

—Sabes que no bebo mientras trabajo –Elena cierra la botella y toma un sorbo de su vaso.

—Está bueno, es un *single malt*.., pero esto no es trabajo.

—¿Entonces por qué la urgencia? –Margarita se saca el abrigo y lo deja sobre el sofá junto a su cartera con un notable gesto de disgusto. Elena nota que no se saca los guantes, piensa en preguntarle la razón, pero la mirada demandante de Margarita la distrae.

—Esta casa es de la señora McCallister –lo dice mientras busca entre los documentos marcados con *post-its* hasta que encuentra un título de propiedad–. Pero puede ser nuestra.

—¿De qué hablas? ¿Y la dueña?

—Murió.

—¿Murió?

—Por supuesto.

—¿Cuándo?

—Hace unos días, pero eso no importa.

—¿Y qué importa?

—No tiene herederos.

El viento hace ruidos extraños entre los muchos recovecos de los edificios, como un temblor de aire, y Margarita mira los libros; uno de Lovecraft, otro de Horacio Quiroga y luego los exquisitos detalles de las cornisas decoradas, moldes de corona, columnas de yeso con adornos de la flor de lis en las esquinas, una chimenea de mármol italiano y las manillas de las puertas de plástico transparente. Siente con mayor intensidad los aromas del lugar y escucha ruidos en los muros, en el techo, ruidos que están por todas partes.

—Es el viento, no te asustes. Parece que viene el peor temporal en muchos años. Margarita, la tormenta se ha desatado –Elena dice esta última frase lentamente, como si fuera una velada advertencia y toma la botella de *whisky* para llenar las dos copas. Margarita esta vez acepta.

—¿Cómo murió?

—¿Qué pregunta es esa?

— Solo es una pregunta.

— No sé, su cuerpo está en la otra habitación.

Margarita se sienta casi en la orilla del sofá y busca de soslayo aquella puerta por donde hace unos minutos había entrado. El viento balancea un letrero de la pizzería en la esquina y el extraño rechinar de sus argollas la desconcierta.

—¡Ah!, ¿y esa cara?, no seas tonta, la incineramos. Está en el columbario, allá en la sala.

—¿Qué quieres decir con la *incineramos*?

—Fue hace una semana, yo misma firmé la autorización

Por todas esas películas que ha visto de espías y gánster, Margarita sabe que es mejor no preguntar más. Mira a su alrededor y le parece que los muebles han cambiado de lugar. Que el sofá de cuero que hace unos minutos estaba junto a la entrada, ahora está a un costado de la ventana; que la pequeña biblioteca junto a la chimenea ahora está cerca de la puerta y que en el lugar en donde había un muro pintado de blanco ahora hay una pintura. Pero la salida no está por ningún lado.

—Es un buen departamento –comenta Margarita, retomando su rol de *real estate*.

—Si, es cierto, tres millones y medio. Pero necesito dinero para los abogados y los trámites. Tiene que ser rápido, tú sabes de esas cosas, tienes muy buenos contactos que pueden hacer el trabajo a cambio de una buena paga, necesito que me ayudes. Un millón es tuyo –Margarita camina hasta la mesa repleta de carpetas y simula revisarlas.

—No te voy a ayudar… pero no te preocupes, no diré nada.

—No seas estúpida, sé muy bien lo de tu hipoteca.

—Eso no es de tu incumbencia…

—¿Qué haces? No te puedes ir –Elena la toma del brazo.

—¿Por qué no?

—Porque ya estás metida en esto.

La tormenta comienza a azotar la ciudad con una fuerza sobrenatural. Los teléfonos de Margarita y Elena reciben mensajes de alerta de emergencia móvil: no salir a la calle, pero suena un tercer teléfono. Margarita se da cuenta. Toma el abrigo y su cartera dispuesta a escapar de una vez. Mira por la ventana su vehículo que poco a poco desaparece bajo la nieve. Elena la mira casi con desprecio.

—La semana pasada firmaste unos documentos de la venta de Tribeca. ¿Lo recuerdas? –Margarita vuelve a dejar su abrigo y cartera en el mismo sofá– Entre ellos puse algunos documentos de este departamento. Margarita, tú firmaste la compra de todo esto. Tú y yo aparecemos como las compradoras de esta maravilla... Bebe un poco para celebrar.

Margarita se acuerda de esos documentos; y sí, es cierto, «maldita sea». Recuerda lo estúpida que se sintió, pero no trata de ocultar su frustración. Camina hasta la biblioteca, improvisa algunos movimientos que Elena ya ha visto antes y reconoce fácilmente.

—¿Hay cámaras, cierto?

—No funcionan desde hace tiempo.

—Okay. Ahora dime, ¿cómo murió la señora?

—De un infarto.

—De un infarto… –repite Margarita mientras ojea el libro de Lovecraft—. No sé qué pretendes, pero no cuentes conmigo. Tengo un buen abogado –desvía la mirada hacia el escritorio repleto de papeles– veo que llevas tiempo planeando todo esto.

Se escucha un golpe desde el segundo piso. Algo que cae, un bolso o tal vez una maleta y Margarita levanta la vista.

—¿Qué fue eso?

—No te preocupes, es Andrei, mi novio.

—¿Tu novio? ¿Y qué pasó con Jason, el chico puertorriqueño de Wall Street?

—No quería casarse y lo dejé. Ahora salgo con Andrei, no es tan listo pero me quiere. Está haciendo el inventario de las cosas de valor —Elena cierra las cortinas que dan hacia la calle y Margarita alcanza a distinguir su carro completamente cubierto por la nieve. En realidad puede ser su carro o el de cualquiera.

—Ya estás en esto y no hay vuelta atrás.

«Ya estoy metida en esto». Ahora se siente molesta al recordar todos los documentos que Elena le entregaba casi justo a la hora de salida y que ella firmaba sin revisar.

—El columbario.

—¿Qué dices?

—Ok. Ya estoy metida en esto. El columbario..., quiero verlo. Si vamos a ser socias quiero tener toda la información posible. Mientras más sepa, mejor. Y cuéntame sobre la señora McCallister. ¿Cómo la conociste?

—Es la mejor decisión –Elena bebe el último sorbo de su vaso antes de ir a la sala.

Mientras se dirigen al columbario, Elena le cuenta sobre sus primeros trabajos como recepcionista de un hotel en Santa Mónica y de mesera de un restaurante francés en Beverly Hills. Le cuenta todo con detalle sobre sus sueños de ser actriz y entonces Margarita sabe que ha caído en la trampa. Luego de un silencio le cuenta que después de cuatro años volvió a Santa Mónica para trabajar de asistente de enfermera en un hogar de atención para ancianos. Fue allí donde conoció a la señora McCallister.

—Y si es de Los Ángeles, ¿qué hacía aquí?

—Cuando supe que era dueña de esta maravilla la convencí de venirse. Le dije que aquí viviría mucho mejor sus últimos años de vida y no me equivoqué, porque lo disfrutó mucho. Tú sabes cómo es la vida aquí.

En ese momento Andrei baja las escaleras cargando un pesado bolso deportivo. Margarita mira su reloj, son las cinco y cuarenta. Se ve torpe ese cuerpo musculoso y las venas hinchadas del cuello, bajando por la escalera de caracol algunos objetos del pillaje. Margarita encuentra toda esa escena absurda, le disgusta aún más por el saludo de Andrei.

—¡Hola, linda! –Margarita sonríe, pero no responde el saludo y mira hacia otro lado.

Elena fulmina a Andrei con desprecio o tal vez celos, lo mira fijamente de una forma tal que Andrei tira el bolso al suelo. Elena corre a recogerlo y lo regaña en otro idioma. Es el momento que Margarita esperaba porque Andrei la mira de esa forma, «la señal», y toma su cartera escapando de la habitación. Elena grita, grita furiosa a Andrei. En el pasillo, cuando busca las llaves del carro en su cartera, se da cuenta que las ha dejado en el abrigo. No hay tiempo de volver por ellas. Baja las escaleras tapándose el rostro con el pelo, y cuando llega a la calle piensa que ha salido por el lugar equivocado porque todo es muy diferente. Se saca los tacos altos y trata de correr en la nieve pero es inútil y camina dando largas zancadas por Franklin St. Trata de ver hacia dónde ir, pero no puede levantar la vista porque el viento es una metralla de pequeñas esquirlas que le dañan los ojos y el rostro. Ve la luz de un semáforo en rojo, puede estar en la esquina con Varick, tal vez no, y al llegar trata de buscar un taxi. Todo es blanco, no se ven calles, veredas, solo nieve. A lo lejos, confundido con el ruido del viento, escucha un *plow truck* arrastrando su pala sobre el pavimento, no sabe dónde está porque la brisa es un remolino que confunde los sentidos. A pesar de los guantes, el frío comienza a congelarle las manos y los pies que están completamente mojados. Le duelen. Es una pesadilla blanca acompañada por el viento que desordena sus cabellos y tira de sus ropas. Parece que ha caído en medio de un planeta abandonado, así es el *downtown* en invierno. Piensa en gritar y lo hace inútilmente porque el viento es una maldita cueva que lo encierra todo. Margarita corre por las calles o quizás veredas, tal vez, hasta pasa dos veces por el mismo lugar. Quién sabe. De pronto se detiene ante una voz una voz que la tranquiliza. Son las seis y veinte. Es Andrei que la cubre con su abrigo. La mirada de Margarita se feliniza.

—Fue rápido, ¿cierto?

—Sí.

—Muy bien chico malo, imagino que la dejaste en el basement. ¿Cierto?.

—...

—Viste, fue más fácil de lo que pensabas. Bien hecho, chico malo, bien hecho

—…

Margarita lo abraza y lo besa. Andrei le pone unas botas de nieve y luego caminan abrazados por Varick, con la absoluta certeza de que al día siguiente, cuando el descolorido sol vuelva a aparecer en la convulsionada isla, solo uno de ellos despertará para cerrar la venta del departamento McCallister.

Muro de lamentos

Después de algunas semanas su voz le parece conocida y eso lo confunde tanto, como el largo encierro que ha debido soportar...

Escucho a los niños corriendo de un lado a otro y la voz de la mujer que impone orden a la hora de comer, hacer las tareas o dormir. Cada cierto tiempo, llega el hombre por la noche muy borracho, gritando por algo que no le ha parecido bien en casa o porque la comida no es de su gusto. La golpea con esa actitud rutinaria de macho aburrido, agobiado por el trabajo y el sexo rutinario. Necesito escucharlos y me siento junto al muro para oír lo que sucede. Son cosas de la pandemia, con este encierro, nuestros comportamientos están cambiando. Mi vecina se compró una trotadora que escucho en las mañanas y su esposo un televisor de más de sesenta pulgadas para ver sus películas de acción. He probado diferentes posiciones. Algunas veces acostado, otras sentado afirmando mi espalda contra el muro o de rodillas auscultando con el estetoscopio que le robé a la enfermera Rose. Poco a poco siento como los latidos de mi corazón se desaceleran, mi respiración encuentra esa calma que necesito y que llega paulatinamente, a medida que tomo aire y lo boto por la boca, «inhala-exhala, Elías, inhala-exhala», me dice el doctor cuando me examina.

La primera vez que los escuché, fue un viernes después de la cena. Me desperté asustado por los gritos. Me puse junto al muro y me quedé unos minutos tratando de escuchar, pero no había nada, ni un solo ruido. Ni siquiera un llanto. ¿Fue una pesadilla? La noche siguiente volvieron esas voces y me senté junto al muro para escuchar. Primero fueron murmullos como de conversaciones o súplicas silenciosas que se esfumaban tan rápido como aparecían y luego llantos retenidos y el ir y venir de pies descalzos.

Algunas veces he tenido pesadillas; por ejemplo: escucho el ruido de maletas, conversaciones aceleradas y que cierran la puerta de golpe. Luego, un auto llega y se marcha apresurado. Yo me quedo con el estetoscopio escuchando el silencio del hogar, y es como si fuera otro mundo. Una soledad que duele. En otras ocasiones, les grito que no se vayan y golpeo con mis puños el muro para que me escuchen, lo golpeo con tanta fuerza que mis puños sangran hasta mancharme la ropa y en el piso se forma una gran poza roja. El amanecer me rescata.

Según Freud, en su libro La interpretación de los sueños, *los individuos padecen de emociones ocultas en el inconsciente y estas ascienden cifradas a la conciencia durante los sueños. Freud, consideró que todo sueño es un mensaje interpretable, por lo que tendrá un sentido cuando sea comprendido.*

Hay días en que no ando bien y me pongo de mal humor. Todo cambia cuando llega el hombre. Aquella noche, cerca de las ocho, escuché sus gritos de animal embravecido y los lloriqueos de la mujer. Todo sucedió rápido. Me puse el estetoscopio, no entendí nada entre los gritos de la mujer y el llanto de los niños. Luego el portazo y el silencio que me dejó en un maldito estado de ansiedad. Esa noche no pude dormir porque me volvió el jodido dolor de cabeza que nació después de lo sucedido en la frontera, allá en Sunland Park. Todos los días, por la mañana, viene la enfermera Rose a revisarme. ¡Qué estúpidos! Creen que ese maldito virus me va a hacer algo a mí, Elías Sánchez. Pero de nada sirven las explicaciones. Tengo que estar encerrado por un largo tiempo, quién sabe hasta cuando. Solo me dejan salir al patio a tomar sol un par de horas al día. Vitamina D, me dicen, es importante para la salud. Fue en una de esas visitas, cuando la enfermera Rose terminaba de examinarme, que me di cuenta del estetoscopio que colgaba de su cartera. Fue muy fácil porque estaba a la vista, solamente tuve que estirar las manos para robárselo. Hay mujeres a las que les gusta que las roben y las manoseen.

Para mi fortuna, ella parece disfrutar de las dos cosas.

Los primeros efectos del encierro comenzaron a los pocos días de haber llegado. La primera semana confundí el jueves con el viernes y el domingo con el lunes. O el lunes tenía que juntarme con el abogado y lo esperé, pero no me di cuenta de que era domingo. Entonces, comencé a hacer rayas verticales en el muro. En la número siete las cerraba con una horizontal.

—And, is it working? –me pregunta Jerry, el policía que cada semana pasa a revisar el cumplimiento de mi cuarentena.

—Of course, you idiot! –le respondo con una sonrisa de buen vecino que lo deja confundido. Lo único bueno de Jerry es que siempre me convida de sus cigarrillos.

La vida en el desierto me ha ayudado mucho durante este período de encierro. Una de las cosas buenas que aprendí en la frontera fue autocontrol, tener la mente fría en los momentos necesarios. También aprendí a defenderme usando un cuchillo táctico y a usar una pistola nueve milímetros. Antes de abandonar ese trabajo pude disparar un «cuerno de chivo» y Jerry lo sabe, por eso me mira con respeto, sabe que tengo huevos bien grandes. En total, trabajé diez años pasando paquetes (nuestros jefes nos decían que eran clientes) desde México a Estados Unidos por diferentes rutas, comenzando como chofer de camiones, hasta terminar en el paso de Sunland Park. Esa vida desgasta. La violencia, muertes, ansiedad… ya comenzaba a sentirme cansado cuando sucedió lo del niño. El pequeño de diez años que viajaba junto a su madre, ambos salvadoreños, escaló el muro como le habíamos enseñado, y lo hizo bien, solamente que en el borde se detuvo a observar el amanecer en el desierto, o quizás, el cambio de los colores de la arena y el muro, recuerdo que vi su sonrisa, su rostro enrojecer por los primeros rayos del sol, cuando la madre le gritó que se moviera y el niño perdió el equilibrio. Cayó de cabeza. La muerte fue instantánea. Su madre se tiró a recogerlo y le dio suaves golpes en la cara para despertarlo. Recuerdo esa mirada inerte, una que, tal vez, había descubierto esa belleza que yo jamás he visto. Todos nos asustamos y corrimos al ver a lo lejos la maldita estela de polvo de una patrulla fronteriza y no sé si por deber de ayudar a un cliente o simpatía, me voltee a mirar a aquella madre que seguía en el suelo aferrada a su hijo, volví para rescatarla, y a fuerza de golpes, gritos, casi arrastrándola por el desierto, a riesgo de mi propia vida, la llevé hasta un lugar seguro. Nunca más volví a México, y me quedé con esa mujer.

Philip Zimbardo publicó en el año 2007, El efecto Lucifer, *un libro que explica cómo la influencia externa puede realizar un proceso de transformación en el cual un individuo normal puede terminar cometiendo actos de barbarie, dependiendo del entorno y las circunstancias en que se le coloque. En el año 2005, Zimbardo se presentó como testigo experto para defender a los marines involucrados en la cárcel de Abu Ghraib que cometieron aberrantes actos de tortura en contra de civiles.*

Cada día despierto a las cinco de la mañana. Hago abdominales, tiburones, también algo de boxeo y luego voy al desayuno. Cerca de las siete escucho los primeros movimientos en el departamento. El golpe de una sartén o quizás de una olla, da lo mismo, la mujer está en la cocina. Reconozco el aroma del desayuno. Ella se llama María (lo sé porque sus hijos no le dicen mamá, sino María) y llama a sus hijos ¡Adam! ¡Jayden! Corro a buscar el estetoscopio que escondo debajo de la cama y escucho. Si no fuera porque no hay nada más que hacer en este lugar, me daría lo mismo. ¿Qué demonios me importan las personas?, después de todo no soy un maldito fisgón. Pero aquella noche, cuando el hombre llegó borracho y escuche sus gritos de macho herido, el ruido de los muebles que se arrastraban, los cristales explotando contra la pared y ¡demonios!, cómo le gritaba ¡puta!, fue que sentí un vínculo con esa violencia. Esa noche soñé con ellos, eran como una familia feliz en un día de *picnic* durante el verano, con un auto, un perro y una *barbecue*. No recuerdo más, solo que desperté sudando y muy triste. Una amiga de mi esposa, la que vive en el piso de abajo, una vez me dijo: «Debes tratar de recordar los sueños, son portadores de mensajes».

—What the fuck is that? –le grité en su cara, mientras ella retrocedía asustada. Nunca más se atrevió a volver a nuestro departamento.

— Why do you always have to be an ass? –se lamentó aquella vez mi esposa.

— Because I'm like a baby! That's all. Anything else? Okay.

No sé por qué me abandonó. Simplemente un día no volvió y con todo esto de la cuarentena me tienen aquí encerrado y yo sin poder salir a buscarla. Pero juro que cuando todo esto termine la encuentro y no me importa con quién me está engañando la muy puta, puede ser el mismísimo presidente, me las va a pagar.

Una tarde escuché a María en el teléfono. Su voz era tensa, apresurada. Por la forma de hablar, parece que lo hacía con una asistente social o alguien de la policía. No sé de esas cosas. «Yes, the number, I already wrote it down. At what time?, yes, three o'clock. Can you repeat the last name? Oh, yes, don't worry, I'm still working on the complaint». Luego la puerta se abre, los pasos hacen temblar el piso de madera y el hombre le grita a la mujer que es una puta (¿no se le ocurrirá decir otra cosa?), el sonido seco de una cachetada, el teléfono que cae de golpe y los llantos. Treinta minutos más tarde llega la policía; es Jerry, con su compañero Billy, un obeso de barba que parece cocinero de pizzería de 99 *cents* y que como gran cosa, tiene un tatuaje de telaraña en el cuello. Subieron hasta el departamento y me asomé a la puerta solo para fastidiarlo:

—Hey, Jerry!, why didn't you have the balls to be a marine? Whose dick did you have to suck to not end up as a traffic officer?

—It's always the same Elías! Do you think your bullshit provokes me?

—I don't want to provoke you, I just want to remind you what you are and why I have balls and you don't, –le dije mientras me tocaba la entrepierna.

Escuché una voz detrás de mí, era el gordo vende pizzas y sentí como me doblaba el brazo hacia la espalda y en un dos por tres estaba esposado. Y solo por meterme donde no me importa. Ese maldito de Jerry siempre abusando de los borrachos, los negros y latinos de Hicksville.

—Hey, Jerry, why don't you let go of me and let's see how much of a man you are.

No alcancé a decir nada más cuando recibí un golpe en la cabeza y luego desperté en el cuarto de castigo donde estuve por algunos días. Después de eso, no he vuelto a escuchar ruidos y comenzó mi angustia.

Mucha gente ha dejado el barrio por miedo a contagiarse con el virus. Han muerto muchos, principalmente latinos. Dejé de hacer los *jumping jacks*, tiburones, inclinación lateral del tronco, golpes de puño. Mi desayuno, almuerzo y cena casi no los probaba, porque prefería estar pegado al muro para cuando regresaran. Pero nada. Al parecer se habían marchado a otro condado, y me quedé arrodillado con el estetoscopio colgado de la mano y una aterradora sensación de abandono. Durante esa semana tampoco salí al patio y solo me dedicaba a mirar por la ventana a mis vecinos que caminaban de un lado a otro, fumando, conversando o simplemente maldiciendo.

Pero hoy la familia ha regresado.

Las voces de los niños corren hasta sus cuartos y los apresurados pasos de la mujer se detienen en la cocina. Deja los bolsos en el suelo. Silencio. Luego el ruido de ollas y platos de aquí para allá. Rápidos golpes del cuchillo que corta, luego el agua del fregadero. Me siento alegre, una especie de energía renovadora, una sobrecarga eléctrica y de un salto llego al muro para disfrutar cada una de sus conversaciones. Solo habían ido a la casa de una amiga de María en Filadelfia e hicieron una *barbecue* el domingo y fueron con los niños al *playground* por las tardes, y también de compras a algunas tiendas. María se escucha muy contenta, habla con sus hijos sobre la posibilidad de volver a ver a sus abuelos, de los trámites para tener papeles; pero cerca de las ocho, después de la cena, cuando solo se escuchan los programas de televisión, aparece el hombre. Todo se vuelve un embrollo. Insultos, advertencias, golpes, ella que grita «Stop!», pero el maldito sigue, «What is this?». La empuja contra la pared «What the hell is this?» y escucho que rompe con furia un papel, lo hace añicos y más golpes y luego, es como un saco que cae al suelo, mierda, me duele la cabeza, «Why the police!? Why? You're going to regret it, you fucking bitch!» Ya es suficiente, debo ir a golpear al maldito cobarde antes de que llegue Jerry y me lo quite de las manos. Lo voy a moler a golpes, a ver si es tan hombrecito conmigo. Intento abrir la puerta. Está con llave. ¡Qué mierda es esto! La empujo con mi cuerpo, la pateo, trato de derribarla y la mujer grita que no la mate ¿Qué no la mate?

La voz de la mujer lo confunde. Elías retrocede ante sus súplicas, cuya voz parece la de un cordero recién degollado, pero choca con su camastro y mira a su alrededor y los muebles de la cocina se confunden con la celda oscura y maloliente.

—¿Qué sucede Maria, donde estoy?

Observa el urinario putrefacto, las marcas de grafitti en la pared, el póster de una mujer desnuda, y a los otros reos que le gritan que se calle, y María en el suelo, vencida y sangrando. Elías siente que sus piernas ya no lo sostienen, le tiemblan y cae de rodillas junto a ella, le hace nuevamente la pregunta y solo entonces ella levanta su mirada:

—¿De verdad, no lo sabes?

Wine and spirit

Causalidades

Todo comenzó en Small, ese club de jazz del West Village en donde llegué buscando algo de diversión, una fiesta y con suerte terminar en la cama de una mujer desconocida. La ciudad está llena de inmigrantes y todos en algún momento buscan lo mismo que yo y ese sótano oscuro, pequeño, que parece construido junto al núcleo mismo del planeta, me pareció el lugar perfecto. Aquella noche tocaron los Blue Notes y estaba tan lleno que los cuerpos se rozaban sincopados, tan electrizados por la música que cuando dejó de sonar busqué donde afirmarme para no caer. Había perdido algo importante, *algo de bien adentro*. Quise llorar, pero no pude. Observé al pianista que ordenaba sus partituras y que parecía un ángel a contraluz; al bajista que repasaba la afinación de las cuerdas de su instrumento y a la vocalista que bebía un vaso de agua con una rodaja de limón. Era la hora del recambio de público y fue en ese instante que la vi. Por lo adverso del ambiente, estoy dispuesto a jurar ante el dios que quieran, que sí existen los milagros. Un redoble del baterista silencio los murmullos. Comenzó a sonar el bajo, los platillos y luego mi cuerpo que se movió con discreta inercia hacia aquella mujer. Sentada junto a la barra del bar, sus piernas cruzadas y mirando distraída hacia el escenario, parecía posar para un fotógrafo de *Vogue*. Sostenía un vaso corto en la mano derecha y con la otra, sus delgados dedos golpeaban la barra siguiendo el ritmo de la música. ¡Oh, maravilloso dios de la ciudad que me dejaste ese carnaval de mujer aquella noche de música y alcohol!, ¡maravilloso dios que me hiciste sentir como un cazador que acecha en medio de un *blues*!. Me detuve a su lado. Ella bebía un *single malt*. Lo supe por el color del fermentado y la forma sensual de resistir mientras lo saboreaba. Sus labios humedecidos me parecieron cristales que necesitaban ser quebrados con mis besos. Cerré mis ojos imaginando el exquisito sabor de su boca e intenté tocarla en medio de la perversa oscuridad para corroborar si todo aquello era real.

Y lo era.

Wine dijo que se llamaba. Pensé que había escuchado mal y le tuve que preguntar nuevamente su nombre. Wine, repitió con una sonrisa. Luego escuchamos la banda, conversamos, bebimos y al salir del club sentí que las cosas en Nueva York por fin podrían ser diferentes.

A mi favor.

*

Me gusta recordar el día que conocí a Spirit. Me habían echado del cuarto que alquilaba en la Roosevelt y no tenía dónde vivir. Pensé en buscar algún *shelter* en Manhattan, pero decidí darle una vuelta más al asunto y entré a un café en Penn Station. Llevaba mi pequeña maleta de cabina con alguna muda de ropa y mis libros que le daban un peso exagerado cuando debía subir alguna escalera. Sobre la mesa estaba mi pequeña máquina Bialetti envuelta en una bolsa plástica para que no se mojara por la lluvia que aquella tarde caía con gran fuerza. Me sentía frágil en una ciudad desconocida y un miedo artero me seguía tan de cerca que incluso pensé en comprar los pasajes de regreso a Chile. Razones no me faltaban: me habían rechazado la renovación de mi visa y estaba sin hogar. Había que sumar uno más uno para llegar a la conclusión más obvia. Aquel sábado llovía demasiado en Nueva York y las calles, edificios, la gente, tenían un aire hostil o tal vez era la reacción innata de una ciudad llena de desolación. Fue entonces que entró Spirit tirando de una maleta de veintitrés kilos. Estaba completamente mojada, como si un tonel de agua le hubiese caído encima. Dejó su paraguas en la entrada y fue directo a la vitrina de los postres. Me gustó su pelo negro profundo que colgaba hasta su delgado cuello, distinguido y señorial. Sin duda era de alguna realeza de Sudamérica ya extinta. Cuando se detuvo frente a la caja vi que tenía un pequeño tatuaje en la nuca. Eran rayas sin sentido y jugué un rato imaginando su significado mientras bebía mi *latte*. Luego de pagar se volteó y con la bandeja en una mano y su maleta en la otra, observó el pequeño espacio en que estábamos atrapados. Se sentó junto a la ventana y sacó un libro que comenzó a ojear mientras miraba hacia la calle. Se puso los lentes con marcos rojos y enfocó la vista en las páginas sin mayor interés. Yo me levanté y fui al baño. Cuando regresé pasé por su lado y ella miraba hacia la ventana. El libro sobre la mesa era de Camus y su título estaba en portugués. «A veces, uno se forma ideas exageradas de lo que conoce», le dije en español. Ella se volteó para mirarme con tristeza y luego me sonrió con dulzura. Me senté junto a ella, conversamos como si nos conociéramos de toda la vida y aquella tarde, nos divertimos observando a las personas que caminaban bajo la lluvia, imaginando historias de cada una de ellas, según la apariencia de sus rostros, forma de vestir o caminar.

A veces, solo se necesita una sonrisa para seguir adelante.

Fe

Luego de una semana de buscar un lugar donde vivir, encontré un pequeño cuarto en el *East Village*, en la Segunda Avenida con la Diecinueve. El lugar es pequeño, oscuro, con vista a un muro de ladrillos del patio interior que siempre parece estar húmedo. Pero es un buen lugar. Mi *roommate* es un japonés que todos los días sale temprano y no llega hasta pasada la medianoche. Nunca lo he visto y eso me hace pensar que tal vez no existe. El trato lo hicimos por internet en una página de arriendos. Mi cuarto tiene un pequeño escritorio y el día que llegué encontré en el ropero una caja con mucho papel tamaño carta y libros de Carson McCullers y Joseph Conrad. Probablemente pertenecieron al anterior *roommate*. ¿Por qué no se los llevó?

Apenas entré al departamento sentí que estaba hecho para mí, pero en realidad cualquier lugar era mejor que un *shelter* o la pequeña habitación que arrendaba en Queens.

*

A Spirit le gusta mi departamento, «es nice», me dice cada vez que entra y lo observa sorprendida como si fuese la primera vez. Algunos fines de semana arrendamos un carro para escapar de Manhattan. Escogemos lugares extraños y peligrosos, en donde si un policía pregunta por alguien, le responderán que no saben nada, que nunca han visto o escuchado nada. Conduciendo los días sábados por el *expressway*, como huyendo del día del juicio final, nos dirigimos hacia esos departamentos abandonados que son ideales para los mafiosos que quieren dejar el cuerpo de sus víctimas. Con Spirit buscamos experiencias nuevas, digamos, no convencionales. Para entrar a los departamentos, subíamos por las escaleras de emergencia y con desesperación yo levantaba la vista para mirar entre su corta falda y con satisfacción veía cómo su ropa interior hacía un generoso contraste con el cielo de la ciudad. Ella tiene una extraña habilidad para subir escaleras, que no se condice con su recatado rostro académico. Luego forzábamos la ventana (en algunos casos tuvimos que quebrar un vidrio) y entrábamos al pequeño cuarto, que tenía tan solo una cama, una vieja radio a pilas y una silla. «O que mais é preciso para amar?», decía mientras ponía en la radio algo del grupo Tribalistas y bailábamos tan abrazados, tan suave, tan unidos que rápidamente estábamos desnudos tocándonos, recorriendo nuestros cuerpos humedecidos, sin contratiempos, hablándole al oído mientras mi pecho se apretaba fuerte contra su espalda, mientras mis músculos tensos buscaban un camino entre sus piernas, mientras acariciaba sus abundantes senos y el reflejo de su mirada legendaria sobre la ventana y una ciudad que poco a poco se desvanecía junto a nosotros. Entonces Spirit se dejaba conducir hasta el camastro, mientras me incitaba con besos que alternaba con mordiscos tan lentos que me impacientaba, más aún cuando me decía al oído «não se desespere», y con eso no hacía más que desesperarme y la tomaba de las caderas para traerla hacia mi cuerpo. Ella me regalaba un gemido tan suave y sobrenatural, que trastornaba a las prostitutas que corrían enloquecidas por las calles buscando a un hombre que las amara con desesperación. Spirit me miraba desconcertada al descubrir el desgobierno de su cuerpo, hasta que en el momento final, cuando el oxígeno de la ciudad ya era insuficiente, cuando sus golpes de caderas eran más intensos y levantaba la cabeza para mirar el techo, cuando la habitación estaba apenas iluminada por una tenue luz de un letrero de Pepsi sobre la azotea, en ese momento lleno de impaciencia ella gritaba «¡Mi Kairos!»

Silencio.

El ruido de una ambulancia.

El anuncio de Pepsi se apaga.

Después de unos minutos volvíamos a respirar como seres humanos y salíamos por la ventana para sentarnos en la escalera de emergencia a beber vino blanco y fumar un cigarrillo mientras observábamos a los amantes de los otros edificios. Ella reía complacida y me hablaba sobre la fragilidad de la vida mientras ojeaba su libro de Clarice Linspector.

Creo que no lo he dicho, pero Spirit es profesora de artes escénicas.

— ¿Existe algo más inútil que el oficio de escribir? –me preguntaba con tristeza. Yo sabía que no había nada que decir…

— ¿Los policías del tránsito? –Ella sonreía y me abrazaba mientras yo sentía que la ciudad era tan hermosa, tan única que agradecía el haberla conocido.

Esa noche me di cuenta que Spirit tiene una cicatriz en el lado derecho de su cadera. Cuando le pregunté dudó en responderme: «Todas las mujeres cargamos con una marca de los hombres. Algunas son difíciles de borrar y otras son imposibles, como esta». Miraba hacia la ventana, hacia el cielo sin estrellas. Me sentí avergonzado, me sentí como un verdadero pendejo.

*

Con Wine teníamos el acuerdo tácito de juntarnos todos los viernes en el club de jazz y luego nos íbamos a su departamento en Tribeca. Pero nuestra constante desesperación por amarnos nos hacía comenzar en medio de la oscuridad del club. Nos tocábamos como si no existiera nada más en el mundo que nosotros y nuestros deseos atrapados en una ciudad llena de deseos. Cuando ya era suficiente de juegos, nos íbamos a su departamento. Durante el camino, la abrazaba fuerte desde sus caderas (eso le gustaba mucho) mientras le decía en silencio todas las formas humanas e inhumanas que iba a amarla esa noche. El edificio donde vivía era una de esas viejas bodegas transformadas en lujosos *lofts* y que en la entrada mantenía el nombre de la compañía «Established 1856. Roethlisenberg & Co». Subíamos por un espacioso montacargas que daba directo a su departamento donde cumplía al pie de la letra, palabra por palabra, todo lo que le había prometido. En la intimidad de su dormitorio, cuyas ventanas colgaban gruesas cortinas de brocado esmeralda, observábamos la punta del Chrysler. Tenía lámparas con sensores que se encendían con un suspiro, el volumen de la música aumentaba con la intensidad de nuestros besos y aquellas frescas sábanas de algodón egipcio atrapaban los perfumes de nuestros cuerpos hasta el amanecer.

Era el departamento de una *real estate*.

Le gustaba Ella Fiztgerald y Residente, también las velas aromáticas que encendía frente a su ventana. Wine me vuelve loco. Siempre me sorprende con cosas divertidas como ponerse collares de nácar en la cintura, pelucas de diferentes colores y así, transformarse en diferentes mujeres. Una noche, llegó al Small con una peluca morena corta y un abrigo largo de piel de tigre. Hicimos el amor en el baño, y sí, digo el amor, porque sentí que la amaba con honestidad desconocida, mientras las personas golpeaban la puerta. A Wine le gusta jugar, tanto como a mí. Pero luego, muy pronto, me demostraría que soy un torpe principiante.

Velha infância

Un fuerte temporal caía la noche que Wine me fue a visitar a mi nuevo hogar en el Village. Llegó como a las siete, tocó el timbre y su voz me pareció extraña, como la de una mujer cansada. Subió peldaño a peldaño, como calculando cada paso y pensé que estaba enferma o algo así. Desde la puerta grité: «¿Estás bien?». Cuando la vi, me di cuenta de que estaba completamente mojada. Yo había comprado pizzas y una botella de *cabernet*. Tomó la botella y se quedó parada leyendo los detalles de la etiqueta; luego, miró el departamento de una forma que me hizo pensar que tal vez estaba drogada. Fui a buscar un vaso de agua, unas copas y el descorchador. Luego le quité de las manos la botella y la hice beber el agua. Me senté en el sofá para tratar de abrir la botella sujetándola entre las piernas, cuando Wine se desabrochó el abrigo me sorprendió ver que no tenía nada de ropa. Pensé que el japonés podía aparecer en cualquier momento en la sala porque creí haberlo escuchado en su habitación. Pero Wine me ordenó que lo hiciéramos ahí mismo, en el sofá, pero yo seguía pensando en el japonés y en que por el ruido que estábamos haciendo, en cualquier momento abriría la puerta. La tomé de la mano para llevarla a mi cuarto pero ella desabrochó el botón de mi pantalón y metió su mano de una forma tal que me hizo olvidar todas las preocupaciones de este mundo. Mientras ella hacía lo suyo, pensé que podía ser Spirit, pero no Wine. Ella no era así. Cerré los ojos mientras ella agarraba y besaba mi sexo que estaba duro entre sus manos al mismo tiempo que comenzaba a sacarme la camisa y besaba mi pecho, era tan placentero que me dejé llevar completamente. Pero luego me di cuenta de que algo no estaba bien. Sentí un escalofrío, abrí los ojos y de un salto salí del sofá. Quien me besaba el pecho era el japonés vestido con un kimono de *samurai* que brillaba en medio de la oscuridad. Con una torpe postura de ataque lo miré como advirtiendo que iba a defender a Wine, pero ella se levantó y apretó el interruptor de la lámpara. Solo entonces vi que no era el japonés, era Spirit disfrazada de geisha. «Tonto, ¿quién crees que te consiguió este cuarto tan barato?», me dijo. Sólo entonces entendí lo de los libros y el papel en mi habitación, ella los había dejado para mí. Confundido, volví a sentarme porque pensé que mis piernas no me sostendrían un minuto más y con un dejo de travesura seguimos con el juego.

Después de esa noche nunca más la volví a ver.

*

Nueva York es una fantasía, una metrópoli de constantes amores transitorios y abandonados que buscan conversación en un bar cualquiera. Me gusta recordar a Wine como una mensajera con distintas caras. Me entregó su amor tan distante de miedos y complejidades, que después de ella sentí nuevas fuerzas que me ayudaron a seguir adelante en esta ciudad. A veces he regresado a la tienda de licores donde la vi por primera vez. Estaba sola, parada frente a la sección de vinos franceses, mientras yo buscaba una botella de ron barato para sobrevivir otra noche en algún *shelter* del Midtown. Fue en aquel *Wine and Spirit* de Lexington con la Treinta, a pocas cuadras del cuarto en que ahora vivo, donde nos encontramos por primera vez. Le dije que me gustaba su tatuaje del cuello y ella, como siempre con su sonrisa amable, reconoció mi acento. «¿Chileno?», pregunto. Conversamos sobre mi viaje a Salvador de Bahía y sobre su viaje a Santiago a un congreso sobre estudios teatrales. Le ayudé a escoger un carménère y luego caminamos hacia *downtown* dejando que la ciudad nos empujara entre sus luces, sabores y sombras. Había venido a Nueva York siguiendo una corazonada, una certeza inexplicable de que aquí encontraría un sueño, una esperanza, algo que le diera las fuerzas suficientes para regresar a su ciudad, Natal, después de dos años de vagar por Europa. «Y me encontré contigo», me dijo con una voz contenida casi quebrada por el frío de aquella noche. Ella huía de algo que nunca supe. Yo, en cambio, simplemente estaba perdido. Cerca de Canal Street, tomamos el tren hasta Battery Park donde tomamos el *ferry* hacia Staten Island y desde allí observamos Manhattan ya no como un espejismo inalcanzable.

Cinco días después regresó a Brasil.

Recuerdo que una tarde, mientras mirábamos un barco por el East River, ella puso la canción. *Velha infância* y la hicimos nuestra. Nos besamos, nos reímos, nos abrazamos con la desesperación de los amantes que saben del tiempo que después nos haría falta. A veces tengo conversaciones imaginarias con Wine donde le cuento las pequeñas cosas que he ido logrando en esta ciudad y pienso en lo hermoso que habría sido estar más tiempo junto a ella, pero escucho esa canción, nuestra canción, y comprendo que Wine fue una mensajera que apareció en el momento justo para darme la fuerza, la fe necesaria de seguir adelante, para luego, desvanecerse entre las sombras de los rascacielos de esta ciudad en la que habito.

El extraño caso de los caníbales de bicicletas

CAMILA Y YO

No me había percatado de la desaparición de las bicicletas encadenadas en la calle hasta que Camila me lo dijo. «Se las están comiendo», gritó desde la ventana que da a la 6th Avenue. «Se las comen de a poco». Yo me puse a reír pensando en sabrosas bicicletas víctimas de un canibalismo urbano, creí que era otra de sus bromas, de esas que hace cada vez que se manda alguna cagada. «¡No te rías!» grito, «Se las están comiendo» y luego, se largó a llorar. Solo entonces me di cuenta de que hablaba en serio y me asomé a la ventana para ver una bicicleta con una rueda menos y sin su silla. Luego fui a abrazarla y la dejé sentada en el sofá para abrir la ventana. Necesitaba aire. Nos abrazamos y nos quedamos sentados en silencio. Luego de unos minutos, caminó hasta la cocina para buscar un trozo de *tissue*, secó sus lágrimas y se fue murmurando al dormitorio, «Se las están comiendo, poquito a poquito».

Desde que comenzó la pandemia, las bicicletas se han multiplicado en Manhattan y el maravilloso silencio de las noches se interrumpe por el susurro de sus ruedas, cadenas y motores eléctricos que me hacen pensar en abejorros urbanos perdidos en la noche. En su mayoría, son bicicletas *delivery* y, las menos, las usan los neoyorquinos para movilizarse y evitar el transporte público. Las dejan estacionadas en la calle amarradas con candados de cadena, de acero en U o doble cadena. Pero no importa la forma ni las medidas de seguridad. Al día siguiente las bicicletas aparecen sin la rueda delantera o sin su sillín. Con esto, su condena está decretada. Luego, siguen la cadena, la rueda trasera, los cables de freno, los pedales, amortiguadores, y así, día tras día, continúa ese acto de barbarie hasta que queda tan solo el cuadro amarrado al poste. Una noche que salí a caminar por las calles de Manhattan para fumar un porrito, vi el marco de una bicicleta amarrado en la calle y me figuré un cuerpo mutilado. Sentí ganas de vomitar y tuve que apagar el porro. Comencé a transpirar mientras pensaba en por qué no se llevan todo de una vez, por qué dejan el marco ahí, oxidándose. ¿Es acaso una advertencia? La ciudad tampoco hace nada. Los camiones de basura no se las llevan. Pareciera que temen algo o saben algo que nosotros no. Pero nuestras bicicletas están a salvo. Las dejamos en el pasillo del edificio, junto a nuestra puerta, y como vivimos en el último piso, no hay problema. A veces pienso que si no existiera la pandemia, Camila nunca se habría percatado de lo que sucede con las bicicletas.

Antes de la pandemia, subía al techo del edificio a fumar con Camila. Llevábamos un poco de hierba, una botella de tequila, sal, limón, y hacíamos el ritual de beber, fumar, conversar, mirar el cielo mientras el humo se desvanecía frente a los grandes edificios que estaban sobre nosotros. Nuestro edificio es de cuatro pisos, la vista desde la azotea es como estar sentados en un pequeño valle en medio de los andes neoyorquinos. Así que miramos hacia el cielo, para buscar alguna estrella que casi nunca encontramos o ver las estelas de los aviones. Pero ahora que no hay gente en las calles de Manhattan, salgo a fumar y beber a la calle. Qué diferente es la ciudad sin gente. No es New York. Las vitrinas quedaron congeladas en el mes de marzo, con las liquidaciones de invierno. Es extraño ver en junio maniquíes de mujeres con abrigos y gorros, y de hombres con botas de invierno, casacas de leñador y cosas así.

Camila se levanta temprano para atender a los clientes que tiene en España. Es *coach* de ejecutivos de alto nivel. Durante la pandemia su trabajo ha aumentado. De los dos o tres que atendía por día, ahora atiende entre cinco y seis. La pobre no para. Solo en las noches nos juntamos a cenar, y es extraño decir nos juntamos, como si estuviéramos lejos. Ella trabaja en nuestro dormitorio que es el más iluminado y tiene vista a la calle, yo en el cuarto de visitas que tiene solo una ventana que da al patio interior del edificio. A veces miro a mis vecinos. Me entretiene observar sus rutinas e imaginar sus vidas, cómo Joe, del piso tres, que se pasea en calzoncillos hablando por teléfono en la cocina. Luego desaparece y aparece en la sala. Desaparece y luego vuelve a aparecer en la cocina donde se sirve algo de café. Vuelve a desaparecer y se enciende la luz del baño. Las chicas del piso dos acostumbraban a pasear desnudas por las mañanas. Pero desde que comenzó la pandemia ya no los veo. Fueron desapareciendo como las partes de las bicicletas. Primero las chicas, después Joe y luego otros vecinos. En el edificio solo quedamos unas ocho o diez personas de las treinta que vivíamos acá. Yo trabajo leyendo la carta astral. Siempre lo hice como un *hobby*, pero la paga es tan buena que lo he hecho mi trabajo. Mi profesión de actor la he ido dejando de lado y le dedico solo algunas horas a la semana a un guion de una obra de teatro sobre un hombre que vive en las calles de la ciudad y que antes de eso había sido profesor de escuela en el bajo Manhattan, pero que por alguna razón (que aún no he descubierto) decide irse a vivir a la calle. Pero ahora incluso he tenido que dejar de lado el guion porque han aumentado mis clientes.

Desde que comenzó la pandemia casi no nos vemos en todo el día, a pesar de que trabajamos en el mismo departamento. A la hora del almuerzo, calentamos una pizza congelada y luego la comemos en nuestros escritorios. Esta distancia se ha profundizado después de que me reí cuando dijo que se estaban comiendo las bicicletas. La costumbre de cenar juntos ya casi la perdimos. Por las noches Camila se pega al teléfono para hablar con su familia que vive en Florida. No hacen más que conversar sobre los muertos, las cifras, las nulas medidas de seguridad y las bicicletas que desaparecen. Luego corta y llora sobre la cama. He intentado hablar con ella, pero dice que quiere estar sola. Por eso en las tardes salgo a caminar y fumar, para despejarme de toda esta mierda. Pero ahora con esto de las bicicletas hasta salir a la calle me perturba.

BICICLETAS

No sé en qué estaba pensando cuando decidí comenzar a sacar fotos a las bicicletas. En un disco duro voy guardando cada víctima que encuentro, saco fotos y videos de sus diferentes ángulos mutilados y las guardo en una carpeta. Así, día tras día, voy dejando testimonio de su lenta y tal vez dolorosa desaparición (¿cómo será el grito de una bicicleta?). A veces, observo los alrededores, buscando alguna pista en la escena del crimen, algo que me explique todo esto. Por las noches, recorro el Village, Soho, Chinatown, Tribeca, incluso el barrio coreano con sus aromas a carne asada, y Battery Park, allá abajo en el *downtown*. En ocasiones regreso de madrugada, a la hora en que los pocos «trabajadores esenciales», van dormidos, dándose cabezazos en los carros del *subway* y eso me da la oportunidad de observarlos tranquilamente. Busco en sus manos y sus ropas algo que los delate. Pero nada. A veces imagino a Camila escuchándome, viendo su mirada apaciguarse cuando le digo quién se está comiendo las bicicletas de Manhattan. He preguntado a algunos amigos de Queens, Astoria, Flushing, Sunnyside y Jackson Heights. No hay bicicletas canibalizadas. Luego pregunte a algunos amigos de Brooklyn, de Greenpoint, Williamsburg y también nada, las bicicletas no están siendo canibalizadas por esos lados.

¿Por qué solo en Manhattan?

Ahora es hermoso caminar en plena tarde por medio de las amplias avenidas, como Madison, la Sexta, Park Avenue, avenidas sin carros, ni buses ni ruido. He aprovechado para ir a alguna plaza, como Union Square y a otras más pequeñas junto a los *playgrounds*, para conversar con los chicos del *delivery* que allí se reúnen. Les he preguntado si saben algo de las bicicletas. Se ven cansados y con miedo. Mucho miedo. Sus rostros se miran con desconfianza y tratan de decir algo tras los tapabocas que no dejan entender muy bien de lo que hablan; porque a veces hablan cosas totalmente irracionales. Cuando les pregunto más detalles, se miran sin saber qué responder y luego cambian de tema o simplemente se montan en sus bicicletas y se van en diferentes direcciones. Los menos, hacen un exhaustivo detalle de las formas con que intentan proteger sus bicicletas. Diferentes tipos de candados, sus ventajas y desventajas, adaptaciones, las cintas autoadhesivas que les pegan a los marcos, principalmente los mexicanos que acostumbran a usar cintas con los colores de su bandera. Pero la conclusión de todos es que de nada sirve contra esas fuerzas, «cuando quieren una, la toman». A veces, basta con dejar la bicicleta amarrada a un poste y subir a una entrega, para que al regreso este con una pieza menos, generalmente la batería eléctrica o la rueda delantera. Luego, como un animal que huye herido en la selva, su rastro es seguido por estos seres y día tras día va desapareciendo hasta quedar solamente su esqueleto oxidándose en la vereda.

Lo más triste son las bicicletas de niños. Sucede algo extraño. Solamente se devoran las ruedas y dejan los restos amarrados, oxidándose bajo la lluvia. Pueden pasar meses y sus cuerpos ahí sin que nadie haga nada. Los repartidores tienen respuestas para todo. A veces me da la sensación de que saben mucho más de lo que me cuentan.

— Es mala suerte mover esos cuerpos.

— ¿Mala suerte?

— Te puede entrar la *piña*

— ¿Y qué es la *piña*?

— Hazlo y verás.

Y nuevamente se montan en sus bicicletas, miran sus teléfonos y se van en diferentes direcciones, perdiéndose en el misterioso silencio de Manhattan.

Manhattan es un lugar distinto. Se escucha el canto de pájaros y hasta he visto alguna águila parada sobre un letrero del tránsito, esperando alguna rata merodeando entre la basura. Quizás por eso es más fácil ver bicicletas mutiladas. En una Manhattan normal, con su turístico caos, sus bocinas, sirenas de ambulancias, de bomberos, los gritos y tanta otra cosa, sería imposible verlas. Pero siempre han estado ahí, abandonadas, deshechas, dejando expuestos sus metales oxidados bajo la lluvia, la nieve o el calor vaporoso del verano. Hace dos días llamé a la ciudad para pedir al servicio de aseo que las saquen de las calles. Pero el telefonista me dijo algo, como en sordina, en un inglés muy extraño y apresurado:

— No vuelva a llamar.

— ¿Por qué? ¿Usted sabe algo?

— Pregúntele a los chicos del *delivery* –y cortó de golpe.

¿Los chicos del *delivery*? ¿Qué tienen que ver con todo esto? Es como andar en círculos.

En el departamento, Camila sigue en lo suyo, encerrada en nuestra habitación trabajando todos los días. Casi no sale y me cuesta entender que alguien pueda vivir así. Le he propuesto que salgamos a pasear por Central Park, le he dicho que la gente mantiene la distancia recomendada de seis pies y que disfruta de una agradable tarde casi como un día normal. Pero no quiere. Se compró una trotadora de casi ochocientos dólares que usa todos los días. Yo prefiero correr por la orilla del Hudson, para sentir el aire fresco del río. Desde que me dijo lo de las bicicletas, las cosas no andan bien. Una vez le pregunté si estaba enfadada por eso y no me respondió. En la cama es como si yo no existiera y eso me preocupa porque normalmente lo hacíamos dos o tres veces por semana y ahora, nada de nada. Me tiene estresado. Quizás por eso me afano tanto en descubrir quién se está comiendo las bicicletas, para tratar de recuperar algo de mi vida.

En nuestro departamento tenemos dos bicicletas. Las dejamos junto a la puerta. La mía es una de montaña y la de Camila, una de paseo con una canasta amarrada en la parte delantera donde generalmente llevamos las cosas del *picnic*. Usualmente salíamos a pasear los sábados por las mañanas y domingos por las tardes. Recorríamos la orilla del Hudson y otras veces tomábamos el *ferry* hacia Staten Island o Brooklyn y paseábamos por los barrios que aún mantienen ese ambiente casero, muy distinto al turístico Manhattan donde las grandes tiendas, bancos y cadenas se han devorado todos los negocios pequeños e independientes. Pero desde que empezó la pandemia no salimos. Una vez le propuse dar un paseo por la orilla del Hudson, llegar hasta Battery Park y sentarnos en el parque a mirar la bahía. Ella preparaba el almuerzo, era un domingo, se volteó para mirarme como para decirme algo, pero solo me miró en silencio, y fue entonces que yo también tuve miedo. Su mirada era la misma que la de los chicos del *delivery*. Cocinaba una pasta. Abrió la lata de salsa de tomates, la tiró de golpe en la olla y se fue a nuestro dormitorio dejando los tomates, el ajo y la zanahoria sobre la tabla de picar.

Hace dos días llegó una cámara que compré en línea. La instalé junto a la ventana apuntando hacia una bicicleta que está siendo mutilada. Le quedan la rueda trasera, la cadena y los cables de cambios y frenos. Encuadre el lente para tener una visión del alrededor de la bicicleta, pero también de una forma en que pudiese ver los detalles importantes de quienes se estaban llevando las partes y la dejé grabando toda la noche. Al día siguiente me desperté temprano para ver la bicicleta y estaba igual. En la pantalla, se veía algunas personas paseando a sus perros, los *deliverys*, y nada más.

Pero hoy al revisar la cámara por fin los he visto.

Son tres figuras envueltas en túnicas blancas, sus rostros ocultos bajo velos del mismo color, pálidos y etéreos como espectros en medio de una penumbra urbana. Se deslizan hacia las bicicletas con movimientos ceremoniales, la rodean en silencio y alzan un tótem toscamente tallado, que parece vibrar mientras se escuchaban cánticos. Uno de ellos extrae las herramientas de su mochila y comienza a manipular la estructura metálica de la bicicleta. Pero entonces... otro, el más pequeño, se voltea y levanta la cabeza mirando directamente a la cámara. Siento como su mirada cruza la distancia y atraviesa el lente para clavarse en mi cuerpo como una daga de hielo. Se susurran algo entre ellos, dejan las herramientas en el suelo e inmediatamente, se dirigen hacia la puerta de mi edificio. Luego, la pantalla se torna negra, aunque aun tiene batería.

El silencio del departamento se hace insoportable. Giro lentamente la cabeza hacia la puerta y siento un sudor frío recorriendo mi espalda.

—¡Camila! –grito casi apenas con un hilo de voz quebrada.

—...

—¡Camila! –vuelvo a gritar, mientras camino hacia la puerta del departamento.

Abro la puerta con un impulso desesperado y allí están nuestras bicicletas, destrozadas, mutiladas, esparcidas por el pasillo y a lo largo de las escaleras. A mi lado, llega Camila y al ver el espectáculo cae de rodillas y sus llantos erizan mi piel.

—¡Dios mío! ¡Dios mío! ¡Nuestras bicicletas! ¡Malditos, nuestras bicicletas! –grita entre lágrimas.

Yo permanezco inmóvil, con una mezcla de miedo y rabia que me devora, me mutila tanto como a nuestras bicicletas. De pronto Camila se levanta con una resolución que me aterra aún más. Va al perchero a buscar su abrigo, se pone los zapatos y comienza correr por las escaleras.

—¡¿Qué haces?! ¡Camila, ¿qué haces?!

Ella no responde hasta que al llegar al *lobby*, se detiene un instante y levanta la vista para mirarme, pensé que por fin había reaccionado; pero no, saca su teléfono del bolsillo, y sale a la calle sin decir nada. Yo, todavía confundido, me pongo los zapatos y corro tras ella.

En la calle, el aire de la mañana es espeso, denso, como si la oscuridad misma de la noche aún estuviera presente. Miro hacia una esquina y luego a la otra, «¡Camila!» Grito su nombre hacia una esquina y luego a la otra, pero no aparece por ningún lado. Me anudo las zapatillas y corro hacia cualquier parte tras ella.

Esteban Escalona Caba

(Talcahuano, Chile) es escritor urbano radicado en Nueva York. Su primera colección de cuentos, *Ciudad Capita*l (2011), fue reconocida con un premio del Ministerio de Educación de Chile. En Nueva York publicó *Tal vez Manhattan / Maybe Manhattan* (2024), una colección bilingüe de crónicas que nos sumerge en la avasalladora realidad neoyorquina. Sus relatos y crónicas han aparecido en diversas revistas literarias de Estados Unidos y en antologías de escritores neoyorquinos, consolidando su voz como una de las más singulares dentro de la nueva literatura urbana de la ciudad.